KB200533

엄마, 장례식은 마음에 들어?

엄마,
장례식은 마음에 들어?

아직 엄마를 떠나보내지 않은 당신에게

김선희 지음

루아크
RUACH

"우리 바본가? 왜 엄마가 죽을 거라는 생각을 못했지?"

중환자실에서 엄마의 임종 면회를 마치고 삼 남매가 모여 제일 많이 한 말이다. 도대체 왜 엄마가 죽을 거라는 생각을 안 했을까? 엄마는 6년 동안 암 환자였는데. 아니다. 사실, 아주 가끔 엄마가 죽을 수도 있다고 생각했다.

'사람은 누구나 죽잖아. 게다가 엄마는 암에 걸렸으니까.'

죽음에 대해 겨우 그 정도 관념적인 생각밖에 없던 우리는 갑자기 코앞으로 다가온 생생한 죽음 앞에 어쩔 줄을 몰랐다. 깊고 깊은 바다에 심해어가 살고 있다는 걸 우리는 모두 안다. 하지만 오늘 저녁 집으로 돌아가는 길에 괴물같이 생긴 심해어가 팔딱팔딱 뛰고 있는 걸 눈앞에서 마주친다면? 경악하며 그 자리에서 굳어버리고 말 것이다. 내게 엄마의 죽음이 그랬다.

그러나 엄마가 떠나자 굳어버릴 틈도 없이 당장 결정해야 하는 일들이 줄지어 나를 채근했다. 장례식장 크기, 수목장으로 할지 납골당으로 갈지, 부의금을 누가 받을지, 화장터로 갈 버스는 몇 인승으로 대절할지, 심지어 손님 식사를 육개장으로 할지 황태국으로 할지…. 정신을 차리고 보니 장례식과 삼우제가 끝나 있었다. 그 이후에도 각종 보험과 은행 업무, 유품 정리, 이사 준비 등 할 일이 태산이었다.

게다가 난 두 아이의 엄마다. 하루쯤은 나 홀로 깊은 슬픔의 바다에 잠겨 있고 싶었지만 나 없이는 먹고살 줄 모르는 나약한 인간 둘이 나를 슬픔 밖으로 잡아끌어 자꾸 현실로 데려다놓았다. 아이들 밥을 먹이고, 똥을 닦고, 잠을 재워야 했다. 역설적이게도 그 아이들 덕에 하루에 몇 번쯤은 웃었고 밤이 되면 지쳐 곯아떨어지느라 슬픔과 조금은 멀어질 수 있었다.

"아직 엄마를 떠나보내지 않은 당신에게"라고 거창하게 부제목을 지어놨지만 나 역시 초보다. 아니, 우리 모두는 많아야 두 번밖에 겪지 못할 부모의 죽음 앞에 영원히 초보일 수밖에 없다. 그럼에도 해주고 싶은 이야기들이 있다.

나는 엄마의 죽음을 잘 준비하지 못했다. 죽음을 상상하는 그 행위 자체가 죽음을 몰고 올 복선이라도 되는 양 생각했다. 원래는 오지 않을 죽음이 재수 없게 자꾸 그런 상상을 하는 바람에 와버릴 것처럼.

오로지 엄마만이 답해줄 수 있는 질문들이 내게는 너무 많이 남았다. 엄마의 장례를 주인공인 엄마가 원하는 대로 완벽하게 치렀는지도 알 길이 없다. 그러니 아직 부모님을 잃지 않은 사람들은 부모님의 죽음을 준비해야 한다. 죽음을 준비하고 나면 더 사랑하게 된다. 우리에게 남은 시간이 많지 않다는 절대적이고 뻔한 진리가 피부로 와닿아 가족을 끈끈하게 묶어주고 서로를 사랑스럽게 바라보도록 만들어줄 것이다.

내 경험을 통해 한 번쯤 부모님의 장례식을 상상해본다면 미리 무엇을 준비해야 할지 그려볼 수 있을 것이다. 부모만이 아니라 사랑하는 누구라도 대입할 수 있다. 머릿속으로 사랑하는 사람을 떠올리면서 우리 가족이 엄마의 마지막을 준비하고 맞이하고 그 이후 어떻게 살아가고 있는지 편안히 따라와준다면 좋겠다.

엄마가 떠나고 제멋대로 감정을 흩뿌려놓은 이 글들을, 그러니까 나와 엄마의 추억을, 내 혼란스러운 마음의 파편들을 발견해주고 가지런히 다듬어 세상에 꺼내준 루아크 천경호

대표에게 감사를 전하고 싶다. 무기력하게 숨만 쉬고 있던 내게 "지금의 너만이 할 수 있는 얘기가 있다"라며 등을 떠밀어준 남편 김종유에게도 무한한 사랑과 존경을 보낸다. 응원해준 가족과 친구들 덕에 용기 내 쓸 수 있었다. 특히 남편의 둘째 큰아버님이 내 SNS를 우연히 보다가 시아버님에게 "네 며느리는 글을 쓰는 게 좋겠어. 참 아름답게 잘 쓰더라"라고 칭찬해주셨다. 오랫동안 칭찬받지 못해 춤추지 않던 한 고래에게 큰 자신감이 되었다.

이 책은 오로지 엄마만을 생각하며 썼다. 엄마는 나를 낳고 행복하게 키우려 무던히 애쓰더니 떠나면서까지 내 이름을 달고 세상에 책을 내놓을 수 있는 영광의 기회를 주었다. 끝없이 내어주기만 했던 엄마에게 가장 큰 사랑과 감사를 전한다.

차례

3장 살아가기

1장 ——————— 준비하기

★ 참기 대장 엄마 대신
내가 유난을 떨었어야 했을지도

2018년 봄. 엄마는 유독 허리가 아프다는 소리를 자주 했다. 나는 그 소리가 '밤 되니 좀 출출하네'처럼 심상하게 들렸다. 엄마는 내가 다섯 살밖에 안 되었을 때도 허리가 아프다며 자주 밟아달라고 했다. 그때 엄마는 겨우 서른두 살이었다. 다섯 살의 나는 몸이 깃털처럼 가벼워 엄마의 허리부터 손가락까지 꾹꾹 밟아주었다. 그럼 엄마는 "우리 딸밖에 없네, 너무 시원해" 하며 좋아했다. 언니가 밟아줬을 때도 같은 소리를 했고, 나중에 남동생이 태어나자 딸을 아들로만 바꿔 "아들밖에 없네, 너무 시원하다"라고 말했으니 엄마의 허리 통증 역사는 굉장히 오래된 것이다.

그러나 2018년의 나는 서른이 훌쩍 넘었고 엄마 허리를 밟아주기에는 심히 무거워져 있었다. "빨리 병원 좀 가봐, 병 키우지 말고"라며 파스를 붙여주는 게 전부였다. 엄마는 동네에서 제일 큰 종합병원에 갔고 허리뼈에 금이 갔다는 진단을 받았다. 아니, 뼈에 금이 갔는데 허리가 좀 아프다니. 도대체 엄마는 얼마나 아파야 '나 죽네' 앓는 소리를 할까? 한평생 참는 게 숨 쉬듯 익숙한 사람, 엄마였다.

　　그런데 어찌 된 일인지 보호대를 착용하고 치료를 받아도 뼈가 잘 붙지 않았다. 오히려 통증은 점점 심해졌다. 종합병원에서는 그제야 무언가 이상했는지 의뢰서를 써주었고, 우리는 집에서 제일 가까운 대학병원을 찾았다. 당연히 정형외과로 가겠거니 했는데 이런저런 검사 뒤 마주 앉은 사람은 혈액종양내과 교수님이었다. 엄마가 구강검진을 하러 간 사이 혈액종양내과 간호사가 내게 전화를 걸어 교수님께서 보호자와 먼저 면담을 원한다고 한 것이다.

　　머릿속에서 '콰광' 하고 벼락이 쳤다. '혈액'과 '종양'과 '내과'의 상관관계도 알지 못하는 나. 엄마 보호자로 따라오긴 했지만 아직 나조차 보호하지 못하는 나약한 나. 엄마 없이는 아직 어린애인 나에게 엄마를 두고 혼자 와서 뭘 하라는 걸까?

　　"어머님은 혈액암입니다."

다시 한번 쾅광!

"다발골수종이라는 혈액암이에요. 다발골수종의 가장 흔한 증상이 뼈에 금이 가거나 부러지는 겁니다. 그래서 허리뼈에 금이 간 거예요."

다발골수종? 생전 처음 듣는 단어였다. 그러나 이내 '암'이라는 단어에 압도되어 눈물이 솟구치기 시작했다. 갑자기 모든 것이 비현실적으로 느껴졌고 내가 슬픈 드라마 속에 덜컥 내던져진 초짜 배우 같았다. 그렇다면 다음 대사는….

"안 돼요! 엄마한테는 비밀로 해주세요. 엄마가 이 사실을 알면 너무 놀라 더 나빠질 거예요. 쓰러질지도 몰라요."

내가 던져진 드라마는 뻔한 신파극인 걸까? 내 입에서 식상한 대사가 절로 나왔다. 그러나 교수님은 나처럼 드라마 주인공 역할에 몰입한 사람을 너무 많이 봐왔는지 전혀 감흥이 없으셨다. 차트에서 눈을 떼지 않은 채 내 대사를 받아쳤다.

"그럴 수는 없고요. 환자에게는 알 권리가 있어요. 너무 늦게 알릴 경우 저희에게 책임이 올 수도 있습니다. 또 환자와 치료 방향을 결정해야 하고요."

"(흐르는 콧물을 머쓱하게 닦으며) 쑵, 하긴 그렇죠."

"그래도 조금 기다려드릴 테니 기회가 되면 어머님께 먼저 말씀드리시죠."

진료실 문을 닫고 나왔지만 무엇부터 해야 할지 알 수 없었다. 실감조차 나지 않았다. 일단은 언니와 동생에게 알려야 했다. 나 혼자 알고 있기에는 너무 크고 벅찬 일이었다.

"언니, 큰일 났어. 엄마가 암이래. 어떡해."

언니에게 전화를 걸어 '암'이라는 무지막지한 단어를 입 밖으로 소리 내어 얘기하자 그제야 이 상황이 명확한 사실처럼 느껴졌다. 우리는 전화기에 대고 한참 어떡하냐는 답 없는 질문만 서로에게 던졌다.

"왜 울어?"

벽에 기대 쪼그려 앉아 울고 있던 나는 놀라서 엉덩방아를 찧으며 주저앉았다. 정밀검사를 위해 이동하던 엄마가 엄마 잃은 아이처럼 울고 있는 나를 보고 다가온 것이다. 분명 사람 없는 복도 구석으로 왔는데 하필이면 그 동선으로 지나가던 엄마에게 들키고 말았다.

그리하여 엄마의 병을 숨긴 채 처연하게 웃어 보이는 비련의 여주인공 역할은 순식간에 깨져버렸고 엄마에게 이실직고할 수밖에 없었다. 그로부터 한참 뒤 엄마가 친구와 통화하는 걸 우연히 들은 적이 있다.

"선희가 구석에서 서럽게 울고 있더라고. 그걸 보는 순간 내가 큰 병에 걸린 걸 알았지. 하늘이 무너지는 것 같더라."

다시 생각해도 미안한 순간이다. 그 뒤로 엄마의 투병생활을 6년간 함께했다. 그리고 단 한 번도 엄마 앞에서 울지 않았다. 엄마가 의식을 잃고 중환자실에 실려가던 날만 빼고.

인생이라는 무대 위에 우리는 언제나 주인공이라지만 항상 행복한 일만 일어나는 연극은 없다. 때로 우리는 비극적 상황에 내던져지기도 하는데 이때 기막히게 멋진 반전의 대본으로 나를 이끌어줄 작가 역시 없다. 스스로 대본을 쓰고 알아서 헤쳐나가야 한다. 문제는 언제 어디에서 내게 비극적인 일이 생길지 아무도 모른다는 것. 인생이라는 드라마에서 〈엄마의 죽음〉 편을 한 번이라도 미리 써볼걸. 오늘도 뒤늦은 후회를 한다.

여러 이유를 들며 건강검진을 미루는 부모님들이 있다. 귀찮아서, 겁이 나서, 돈이 아까워서, 일을 크게 만들까 봐⋯. 그러나 건강검진을 하지 않는 것이야말로 일을 크게 만드는 것이다. 모든 병은 초기에 발견해서 치료하는 것이 가장 효과가 좋다. 고집을 부리는 부모님이 있다면 그냥 건강검진을 예약하자. 돈을 이미 내서 환불이 안 된다고 하면 대부분의 부모님은 돈이 아까워서라도 검진을 받을 것이다.

가벼운 증상은 동네 내과를 이용해도 되지만 어딘가 지속적으로 불편하면 최대한 빠르게 큰 병원으로 가야 한다. 엄마의 경우에는 처음 허리가 아플 때 나름 규모가 있는 병원의 정형외과를 찾았다. 그래서 뼈에 금이 간 것은 확인했지만 병원에서는 그것을 '다발골수종'이라는 혈액암과 연관 짓지는 못했다. 아마도 그런 케이스를 보는 일이 적기 때문일 것이다.

대학병원에는 정형외과로 접수했지만 바로 혈액종양내과로 보내졌다. 그러느라 허비한 몇 달의 시간이 아쉽긴 하지만 그때라도 발견한 게 다행이라고 생각한다. 치료는 지속적으로 받아야 하니 거리를 생각해 나중에 병원을 옮기더라도 의심쩍은 진단은 대학병원에서 받는 걸 추천한다.

죽음 앞에서
우리가 결정할 수 있는 것

솔직히 말하면 엄마를 6년이나 치료해준 교수님에 대한 원망이 아예 없다고는 못하겠다. 다발골수종은 이미 치료법이 규격화되어 있어 어느 병원에 가도 대부분 같은 방식으로 치료한다고 하니 치료법에 대한 의구심 때문은 아니다. 또 매번 몇 시간이고 지연되어 끝도 없이 대기해야 하는 외래진료도, 어렵게 만난 교수님과 단 3분밖에 이야기할 수 없는 것도 모든 대학병원에서 늘 발생하는 일이니 그것 때문도 아니다.

교수님은 최선을 다해주셨다. 내가 포기하고 싶었을 때도 교수님은 포기하지 않으셨다. 바로 그 점이 원망스럽다. 교수님은 엄마를 더 빨리 포기했어야 했다. 환자와 가족은 모른다.

우리가 가느다란 가능성을 붙들고 불안감을 숨긴 채 서로를 응원하며 돌려대는 이 희망회로를 정확히 언제 멈춰야 할지. 교수님이 먼저 우리를 내쳐주었어야 했다.

엄마가 치료를 받던 대학병원은 평일 아침 8~10시 사이에 교수님 회진이 있다. 교수님 스케줄에 따라 갑자기 변동되기도 하지만 보통 그렇다. 매일 아침 8~10시 사이 "30분 뒤 교수님 회진이 시작된다"라는 메시지가 온다. 우리 집에서 병원까지는 대중교통으로 1시간 30분. 메시지를 받고 출발하면 영원히 교수님을 만날 수 없기에 나는 교수님을 만나고 싶으면 언제나 새벽 6시 반에 집을 나섰다. 교수님이 8시에 올 때도, 10시 30분에 올 때도 있어서 어쩔 수 없는 일이었다. 교수님에게는 만나야 할 환자가 많고 진료 외에도 여러 일이 있다는 걸 알기에 환자 가족이 교수님 시간에 맞추는 건 당연한 일이다.

"좀 어떠세요?"

엄마는 이상하게도 섬망이 심해 하루종일 헛소리를 하다가도, 잠에 취해 몇 시간이고 일어나지 못하다가도 교수님이 오면 벌떡 일어나 앉아 정상인처럼 군다. 그리고 하루도 안 빠지고 이렇게 대답한다.

"아유, 괜찮아요. 별로 안 아파요. 저 좀 퇴원시켜주세요."

나는 그럴 리 없다는 걸 알면서도 교수님이 엄마가 괜찮다고 오해해 적극적 치료를 하지 않을까 봐 바보같이 마음이 급해지곤 했다.

"아니에요! 어제도 식은땀 흘리면서 잠을 못 잤고, 섬망이 심해져서 헛것도 자주 봐요."

할 말도, 듣고 싶은 말도 너무 많다. 교수님을 붙잡고 내가 정확히 이해할 수 있을 때까지 수많은 질문을 하고 싶다. 교수님은 "수치가 안 좋아지고 있다" "항암이 잘 되지 않는다" 같은 이런저런 부정적인 이야기를 언제나처럼 아주 담백한 목소리로 말한 뒤에 "그래도 힘내서 한번 해봐야죠. A약이 듣지 않으면 B약도 있으니까요" 하고 사람 좋게 웃으며 나간다.

나는 교수님 바짓가랑이를 붙들고 싶다. 그 이야기가 정확히 어떤 의미인지, 내가 이해하지 못한 어려운 의학용어를 자세히 설명해줄 수는 없는지, 엄마가 계속 치료받으면 나아질 가능성을 몇 퍼센트로 보는지, 아니면 지금이라도 치료를 멈추고 마지막을 준비해야 하는지, 만약 교수님 가족이라면 어떤 결정을 내릴 건지 묻고 싶었다. 하지만 교수님에게 돌아올 답을 나는 안다.

"다음 약이 잘 듣는지는 약을 써봐야 안다." "현재로선 정확히 말할 수 없다." "치료에는 언제나 여러 변수가 있다." 헛

된 희망을 갖게 할 수도, 그렇다고 진흙 같은 절망 속에 빠뜨릴 수도 없어 애써 골라낸 두루뭉술한 말들…. 이해한다. 내가 의료진이어도 그렇게 말할 수밖에 없었을 것이다.

간병인 이모가 새로 오셔서 엄마를 보고 온 게 바로 전날인데 병원에서 갑자기 전화가 왔다. 엄마 상태가 하루 만에 심각하게 나빠져서 중환자실에서 치료해야 한다는 것. 중환자실에 간 이후로는 기도삽관이나 심폐소생술을 하게 될 가능성이 있는데 그것들은 연명치료의 일환이니 가족의 동의가 필요하다고. 나는 일단 병원으로 가겠다고 말한 뒤 택시를 잡아타고 달렸다. 터질 것 같은 심장을 부여잡고 병실 문을 열었다. 간병인은 엄마가 내가 떠난 어제 낮부터 꼬박 하루 넘게 잠에서 깨어나지 못했다고 했다. 엄마는 숨을 헐떡이며 깊은 잠에 빠져 있었다.

"엄마…."

엄마는 지금 어디쯤 있는 걸까. 끝없이 깊고 어두운 터널 속을 혼자 헤매고 있는 걸까? 저 깊은 심연에서 엄마를 꺼내줄 수만 있다면, 내 남은 목숨을 나눠줘서라도 엄마를 살릴 수 있다면….

엄마가 아픈 이후 나는 항상 웃었다. 엄마는 내가 세상에서 제일 똑똑한 사람인 줄 알기 때문에 내가 괜찮다고 하면 괜찮은 줄 안다. 그러니 나는 엄마에게 항상 괜찮다고 말할 수밖에 없었다. 치료하면 낫는다고, 점점 좋아지고 있다고, 오늘 얼굴이 참 좋아 보인다고, 금방이라도 나을 것 같다고, 손주들 시집·장가가는 것까지 보겠다고, 이번에 퇴원하면 해외여행을 가자고…. 그런 말밖에 할 수 없었다. 그랬던 내 입에서 결국 이 말이 나왔다.

"엄마, 어떻게 해줄까? 이젠 놓아줄까? 편안하게 해줄까? 엄마, 제발 아무 말이라도 해줘."

거짓말처럼 엄마가 눈을 번쩍 떴다. 자꾸 탈출하려 해서 결박해놓은 몸을 비틀며 나에게 무언가를 말하려 했다. 그러나 입이 막혀버린 듯 아무 말도 하지 못했다. 온몸을 버둥거리며 입을 뻐끔거렸으나 무언가에 콱 막힌 듯 한마디도 꺼내지 못했다. 나는 엄마를 껴안았다.

"알겠어, 엄마. 다 알겠어. 집에 가자. 우리 이제 집에 가서 푹 쉬자. 내가 다 알아서 해줄게. 나 믿지?"

엄마는 그제야 다시 정신을 잃고 쓰러졌다. 간호사들이 달려왔고 엄마는 곧 중환자실로 실려갔다. 엄마를 중환자실에 보내고 교수님 면담을 위해 또 오랜 시간을 기다려야 했다.

대기실에 눕듯이 앉아 허공만 바라봤다. 머리가 멍했다. 바로 어제까지만 해도 횡설수설하긴 했지만 말은 할 수 있었고 조금은 웃었는데. 하루 만에 이렇게까지 악화되기도 하는 건가? 몸이 오들오들 떨렸다. 무서웠다. 엄마의 병은 끝을 모르고 서서히 몸집을 불리더니 어느새 집채만큼 덩치를 키워 나를 겁줬다.

우리 삼 남매는 교수님 면담을 하기 전 호스피스 담당 간호사와 전공의를 만났다. 두 분 다 더이상의 치료는 의미가 없을 것이라고 했다. 하지만 가장 중요한 것은 교수님의 의견이라는 말을 덧붙였다.

'정말 제일 중요한 게 교수님의 의견일까?' 어지럽고 헷갈렸다. 중환자 면담실에 앉아 교수님을 기다리며 나와 동생은 호스피스의 여러 방법에 대해 알아보고 있었다. 이 지경까지 왔으니 교수님도 더이상 희망을 줄 수는 없겠지. 긴 기다림 끝 교수님이 들어오더니 평소처럼 산뜻하게 말씀하셨다.

"일단 의식을 찾는 게 우선이니 의식을 좀 찾고 다시 치료를 해보죠."

감기에 걸렸으니 일단 며칠 약을 먹어보자는 듯 명료하고 경쾌한 문장이었다. '이게 대체 뭐지? 엄마가 지금 위독하고 심각한 상황이 아닌 건가? 별일이 아닌데 우리가 겁먹은 건가? 다시 치료할 수가 있는 건가?'

"호스피스에 가야 하는 것 아닌가요?"

"의식이 없는데 어떻게 호스피스에 갑니까. 의식이 돌아와야 호스피스를 가든, 항암을 다시 해보든 하지요."

"갑자기 왜 의식을 잃은 건데요?"

"여러 이유가 있습니다. 뇌까지 번진 종양 때문일 수도 있고, 혈액이 막혀서일 수도 있고요. 무엇보다 가장 큰 가능성은 병의 진행이죠. 병이 상당히 진행돼서 그럴 수 있습니다."

죽음을 준비하며 줄줄 흐르던 눈물이 갑자기 말라버렸다. "이제 마음의 준비를 하셔야겠습니다" 같은 말이 나올 줄 알았다. 누구라도 이 상황을 멈춰줘야 한다고 생각했다.

"병이 그렇게까지 진행됐다면 돌아가실 것 같지 않은가요? 선생님, 제발 명확하게 말씀해주세요. 선생님은 데이터가 있잖아요. 이런 환자들 많이 봐오셨죠?"

"솔직히 아주 좋은 상황은 아니에요. 막다른 골목에 와 있다고 할 수도 있죠. 하지만 낭떠러지는 아니에요."

교수님은 늘 그렇듯 급한 일이 있는 모양이었다. 의자를 양손으로 붙잡고 계셨다. 내 말이 끝나자마자 반동의 힘을 이용해 미사일처럼 튀어나갈 것만 같았다.

"그럼, 지금은 포기할 때가 아닌 건가요?"

"저는 포기 안 했습니다. 포기하실 건가요?"

"아니요! 교수님이 포기 안 하셨다면 교수님 믿고 어떤 치료든 해볼게요.”

“그럼, 한번 해봅시다.”

마지막 말을 마치고 교수님은 역시 경주마처럼 튀어나가셨다. 어안이 벙벙했다. 그러다 대책 없이 또 희망을 갖고야 말았다.

'우리가 너무 극단적인 생각까지 했구나. 중환자실까지 왔지만 이것도 치료의 과정이었던 거야! 여기서 잘 치료해서 다시 항암을 해보자. 치료가 너무 힘들어 엄마가 잠깐 의식을 잃었지만 아직 희망이 있는 거야!'

그날이 바로 엄마가 눈을 뜬 마지막 날이었다.

엄마가 떠나고 두 달쯤 지났을 때 엄마 명의로 되어 있던 아빠의 사업을 정리하느라 회계사를 만난 적이 있다. 회사 일을 6년 넘게 맡아주었지만 처음 세무 일을 맡기기로 계약한 날을 제외하고는 처음 본 것이다. 사무실 1층 카페에서 만나 여러 일을 상의하고 헤어지기 전 자연스럽게 고인의 죽음을 위로하는 말을 나눴다.

“어쩌다가 그렇게….”

“혈액암이셨어요. 재발한 뒤로는 항암이 잘 안 돼서 급격하게 나빠지다가 결국 돌아가셨어요.”

수없이 들은 형식적인 질문이었기에 수없이 했던 말을 대답으로 내놓았다. 회계사님은 잠시 말이 없으셨다.

"혈액암이라고요?"

의아해하며 고개를 끄덕이는 나에게 한숨을 쉬며 말씀하셨다.

"사실, 제 아내도 작년에 혈액암으로 세상을 떠났어요."

우리는 서로가 초면에 가까운 구면이라는 사실과 20년이 넘는 나이 차가 난다는 사실을 망각하고 1시간 이상 이야기를 나누었다. 혈액암이 얼마나 힘든 병인지, 어떤 약을 써왔는지, 마지막으로 떠나는 모습이 어땠는지, 그걸 지켜보는 가족의 괴로움에 대해서도.

"담당 교수님은 끝까지 엄마를 포기하지 않으셨어요. 마지막에 입원할 때 씩씩하게 걸어 들어가셨는데 집에 돌아오지도 못한 채 병원에서 돌아가셨어요. 그때 입원이 아니라 호스피스로 갔으면 어땠을까 아직도 상상해요. 그럼, 엄마가 만나고 싶었던 모든 사람과 여유롭게 마지막 인사를 했을 거고, 되지 않는 치료를 하느라 극심한 고통을 겪지도 않았을 거예요. 무엇보다 중환자실에서 혼자 외롭게 죽어가지 않았을 거란 생각만 하면 지금까지도 괴로워요."

"저와는 반대네요. 저희 교수님은 호스피스를 권했어요. 저는 아내가 이렇게 멀쩡하게 걸어 다니는데 무슨 호스피스냐고 반대했죠. 교수님은 가망이 없다고 했거든요. 저는 받아들일 수 없어서 퇴원할 수 없다고 난동을 부렸고요. 쫓겨나듯 다른 병원으로 옮겼어요. 결국 같은 말을 들었지만요. 그렇게 가정 호스피스를 했어요. 죽어가는 걸 옆에서 지켜보며 아무것도 해줄 수 없다는 건 정말 지옥 같은 일이었어요."

집에 돌아오는 길에 마음이 복잡했다. 결국은 가보지 않은 길에 대한 후회인 걸까? 나는 호스피스를 아쉬워했지만 회계사님은 더 적극적인 치료를 아쉬워했다. 엄마의 담당 교수님이 엄마를 호스피스에 보내지 않은 건 치료 가능성, 당시 상황의 심각성, 엄마의 체력, 교수님이 가진 가치관 등이 어우러져 나온 결과일 것이다. 회계사님의 경우도 마찬가지다.

그 앞에서 우리가 선택할 수 있는 건 아무것도 없었다. 시간을 돌린다면 교수님께 더이상 치료하지 않겠다고, 호스피스에 가서 편안하게 마무리할 거라고 강력하게 말할 수 있을 것 같지만, 그것도 결과를 알기 때문이지 아무것도 모른 채 그때로 돌아간다면 그런 결정은 아마 못 할 것이다. 치료를 받지 않는다면 호스피스에서 단 며칠 만에 돌아가실 수도 있다. 그 죄책감은 어쩔 것인가. 교수님의 결정이 가족의 부담을 덜어주는 거였다.

그러니 우리는 언제나 최선을 다했다고, 지금 이 결정이 모두에게 최선이라고 믿는 수밖에 없다. 죄책감도, 후회도 이제는 다 내려놓고 그때그때 우리가 할 수 있는 것을 했다고 생각해야 한다. 그 뒤의 일들은 전부 내 손을 떠난 일이라고, 이미 끝이 정해진 엄마의 운명이 엄마를 자연스럽게 죽음으로 이끌었을 뿐이라고.

섬망, 엄마를 매일
잃어버리는 일

내가 가장 무서워하는 병은 치매다. 이 글을 보는 분들 중 치매환자 가족이 있다면 진심을 담아 깊은 위로를 전한다. 얼마나 고생스럽고 고통스러울지 건방지겠지만 나도 조금은 안다. 엄마는 투병 생활을 하며 종종 입원을 했다. 항암을 하는 날도 있고, 혈액암이라는 게 종양만 딱 떼어내면 해결되는 병이 아닌지라 손상된 간 때문에, 낮아지는 혈압 때문에, 망가지는 뼈 때문에 입원을 했다.

병동에는 암 환자만이 아니라 다양한 병명을 가진 사람이 모여 있는데 치매환자를 보는 일은 많지 않다. 치매환자들은 보통 요양병원이나 요양원으로 가기 때문이다. 병원에서 보는 치매환자들은 대부분 치매와 함께 다른 병이 있어 잠시 치료를 받으러 온 분들이다.

엄마는 2019년에 자가조혈모세포이식수술을 한 뒤 무균실에 있다가 일반실로 왔는데, 그때 앞자리에 계신 할머니가 골절과 치매가 함께 있는 분이었다. 할머니는 정말 1분도 쉬지 않고 소리를 지르며 욕을 했다. 그런 거친 욕은 살면서 처음 들어봤다. 할머니의 자녀와 손주들은 병동 여기저기 사과하러 다니기 바빴다.

"정말 저런 분이 아닌데. 욕 한마디 할 줄 모르는 분이었어요. 한평생 참고 사셔서 마음에 남은 한이 너무 많으신가 봐요. 정말 소녀같이 아름다운 분이었는데…."

그때 엄마와 나는 구운 달걀을 까먹으며 "엄마, 치매 진짜 무섭다. 그치? 자식들도 너무 슬플 것 같아" 하며 다른 세상 사람 얘기하듯 수다를 떨었다.

그리고 3년 뒤인 2022년, 엄마의 암이 재발했다. 항암은 계속해서 실패했고 엄마의 모든 수치는 점점 나빠졌다. 혈압은 떨어졌고 신장과 간 수치가 모두 좋지 않아 하루가 다르게 통통 부어갔다. 이전에는 볼 수 없던 혹덩어리들이 울룩불룩 튀어나왔다. 등에 있던 혹이 걷잡을 수 없이 커지자 엄마는 누울 수 없어서 앉아서 잠을 자야 했다. 잠을 제대로 자지 못하자 엄마는 자주 쓰러졌다. 병의 진행 속도가 빨라 결국 입원하기로 결정했다.

병원 생활이 한 달이 넘어가던 어느 날, 언니가 병문안을 와 우리 셋은 1층 카페에서 커피를 마셨다. 그즈음 엄마가 좀 이상하다고 느끼긴 했지만 그날따라 유독 횡설수설했다. 나와 언니는 카페가 시끄러워서 의사소통이 잘 안 되나 싶었다.

"그래서 종섭이는 언제 온대? 오고 있다고 했지?"

"막내 외삼촌? 외삼촌은 일하고 있지. 오늘 평일이잖아."

"오늘이 평일이야? 오늘이… 그러니까 오늘이 무슨 요일이지? 그런데 너희는 밤인데 왜 여기 있는 거야?"

"이렇게 해가 쨍쨍한데? 왜 이러셔. 이제 들어가서 쉬자."

우리는 어색하게 웃으며 엄마를 일으켰다. 어디로 가는 건지 모르는 사람처럼 터덜터덜 걷는 엄마의 뒷모습을 황망히 보고 있던 언니가 황급히 달려가 카디건을 풀어 허리에 묶어 주었다. 엄마가 대변을 지린 것이다. 서둘러 엄마 뒤처리를 마치고 언니와 다시 마주 앉았다. 우리 사이에 얼마간 무거운 공기만 감돌았다.

"치매 왔나 봐."

또 쏟아지는 눈물. 눈물 마를 날이 없는 하루하루였다. 매일같이 새로운 상황이 펼쳐졌고 익숙해질 만하면 또다른 문제들이 터졌으니까.

　다음 날 회진 시간. 목이 빠지게 기다리던 교수님이 오자 어제 상황을 말하고 뇌를 찍어보기로 했다. 며칠 뒤 나온 결과를 보니 뇌에는 아무 문제가 없었다. 뇌에는 문제가 없는데 하루아침에 치매 환자처럼 되는 것이 '섬망'이다. 암 환자 카페나 블로그를 보다 보면 투병 중 섬망으로 고생하는 환자와 가족이 꽤 많은 것을 알 수 있다. 장소나 시간에 대한 인지능력이 급격히 저하되고 비교적 최근 기억들을 잃어버린다. 치매와 다른 점은 증상이 일시적이고 문제 상황이 해결되면 서서히 정상으로 돌아온다는 것.

　선생님은 지루한 병원 생활을 오래 하다 보면 섬망 증세가 나타날 수 있다고 했다. 어쩌면 독한 항암약이 이유일 수 있다고도 했다. 늘 그렇듯 명확한 것은 없었다. 우리는 우리 방식대로 이 상황을 이겨내야 했다.

　엄마는 자주 허공을 보며 입을 벌린 채 앉아 있었다. 웃으며 엄마 입을 꾹 닫아주고 손수건으로 침을 닦아주었다.

　"심심하지 않아? 뭘 보고 있어?"

　"응? 아무것도 안 보고 있어. 밤에 여기 와 있으면 어떡해. 애들은 어떡하고."

　"걱정하지 마, 엄마. 지금 낮이야."

나는 커튼을 활짝 열고 해가 떠 있는 창밖을 보여주었다. 섬망이 있는 환자에게는 시계를 자주 보여주고 지금 시간과 장소를 매번 상기시켜주면 좋다. 익숙한 얼굴이 옆에 함께 있어야 안심하고 어떤 식으로든 갑자기 환경의 변화를 주는 것은 좋지 않다. 환자가 헛소리를 하거나 헛것을 볼 때 가족이 겁을 먹고 다그치는 게 가장 나쁜 대응이다. 여기가 어딘지, 지금이 낮인지 밤인지 도무지 이해할 수 없어서 가장 불안한 사람은 환자 자신이기 때문이다.

나는 땀에 절은 엄마의 양말을 벗기고 발을 씻겨주었다. 그런데 아무리 찾아봐도 갈아 신길 새 양말이 없었다.

"엄마, 양말 어딨어?"

"으응? 양말 여기."

엄마가 서랍을 뒤져 나에게 믹스커피 두 봉을 내준다.

"오, 멋진 양말! 신어 봐, 신어 봐."

믹스커피를 엄마 발에 갖다 대며 웃는 나를 보고 엄마가 영문도 모르면서 따라 웃는다.

엄마는 간호사들이 조직적으로 움직이며 마음에 들지 않는 환자를 강제로 퇴원시킨다는 망상에 빠져 본인이 그 대상이 될까 두려워했다. 엄마의 간병인 이모와 병실의 한 보호자 아저씨가 눈이 맞았다는 망상에 빠졌을 때는 킥킥 웃으며 즐거워하기도 했다.

엄마의 세상 속 질서는 흐트러졌고 알고 있는 모든 정보가 정렬되지 못한 채 뒤죽박죽 섞였다. 엄마의 머릿속은 연필 하나 찾을 수 없게 엉망이 되어버린 책상서랍처럼 변했다. 내 임무는 알아들을 수 없는 엄마의 이야기들을 들어주고 그것 참 맞는 말이라며 진지하게 고개를 끄덕여주는 것.

중간정산을 하러 잠시 원무과에 다녀오자 엄마는 창문을 바라보고 서 있었다. 창문에 비친 엄마는 아이처럼 순수한 미소를 지었다. 엄마를 부르려는 순간, 엄마가 입을 떼더니 조용히 노래하듯 말했다.

"은유야, 은호야, 뭐하니, 놀자~"

어린 시절로 돌아가 골목에서 같이 놀 친구의 이름을 부르는 것처럼 다정하고 정겨운 목소리였다. 엄마가 어떤 상황에서도 절대 잊지 않을 두 명의 이름. 내 아이들 이름이다. 너무 사랑해서 머릿속 가장 깊은 곳에 날카롭게 새겨놓은 당신의 두 손주 이름. 나는 숨죽여 울다가 재빨리 눈물을 닦았다.

"아가들하고 놀고 싶어? 그럼 얼른 나아야지!"

엄마는 구겨진 검정 비닐봉지를 보고도 키득키득 웃으며 "저기, 은유가 쪼그려 앉아 있는 것 좀 봐. 쟤 정말 왜 그런대니" 하곤 했다. 엄마 물건을 보관해놓은 캐비닛을 바라보면서는 심각한 얼굴로 말하기도 했다. "은호가 저 안에 있어. 얼른 꺼내줘. 숨바꼭질 하다 들어갔나 봐. 어떡하면 좋아."

사랑스럽고 귀여운 엄마. 아기가 되어버린 엄마. 이런 모습으로라도 오래오래 내 곁에 있어주길 기도했다. 오랜 병원 생활로 생긴 섬망은 보통 익숙한 공간인 집으로 돌아가면 호전된다고 했지만, 엄마의 섬망은 심각해지기만 했다. 그 이후 다시는 집에 돌아오지 못했기 때문이다. 아무 데나 대변을 봤고, 침대에서 탈출하려다 굴러떨어져 결박당하고, 그런 엄마를 도우려는 우리에게 화를 내고 욕을 했다. 엄마는 매일 엄마답지 않아지고 있었다.

그리고 엄마는 우리가 지치기도 전에 갑자기 떠나버렸다. 너무 엄마다워서 황당했다. 엄마를 감당하기가 너무 힘들어서 엄마만 없으면 조금은 쉴 수 있겠다는 못된 마음이 생길 때쯤 가버렸으면 차라리 나았을지도. 엄마는 내가 지치기 전에, 미워하기 전에 황급히 가버렸다.

평생 엄마를 잊지 못하게 하려는 큰 그림이었던 걸까? 아니면 살면서 우리에게 상처 한 번, 피해 한 번 주지 않던 엄마의 모습을 유지하고 싶은 궁극의 의지였을까?

나는 오랜 간병을 하는 치매환자 가족의 마음을 다 알지 못한다. 그래서 처음부터 '조금은' 안다고 말했던 것이다. 이

과정이 길었다면 지금처럼 애틋하거나 슬프기만 하진 않았을 것이다. 그러나 내게는 6년이라는 투병 기간이 너무 짧았고, 그중 힘들었던 기억은 6개월도 채 되지 않는다. 그래서 아직도 아쉽고 서럽고, 노인이 되어보지 못하고 떠난 엄마가 그저 불쌍하기만 하다.

★ 지금 당장 엄마에게
물어야 할 질문들

자, 만약 부모님이 살아 계신다면 아래 네 가지 질문을 가능한 한 빨리 여쭤보라고 다짜고짜 권하겠다.

사망 후 장지를 어떻게 하고 싶은가? 화장과 매장 중 무엇을 원하는지, 묘를 만든다면 선산이 있는지, 없다면 어디로 가고 싶은지, 화장을 한다면 그 후 납골당·수목장·해양장 중 어떤 것을 선호하는지.

연명치료와 장기기증에 대해 어떻게 생각하는가? 인공호흡기 등을 사용해 목숨을 연명하는 치료를 어떻게 생각하는지, 연명치료를 원하지 않는 것이 확실하다면 미리 사전연명의료의향서를 등록할 것인지, 갑작스러운 사고가 생길 경우 장기기증을 하고 싶은지.

가족들이 알지 못하는 돈거래가 있는가? 돈을 빌렸거나 빌려준 사람이 있는지, 차용증이나 거래 내역이 확실히 있는지.

내일이 내가 죽는 날이라면 가족들에게 마지막으로 하고 싶은 말이 있는가?

물론, 이런 불편한 질문들을 특종을 취재하러 온 기자처럼 마이크를 갑자기 들이밀며 할 수는 없다. 특히나 부모님이 건강하다면 아직 본인 죽음에 대해 깊게 생각해보지 않았을 수도 있는데 벌써 죽음을 준비하는 자녀에게 서운함을 느낄지도 모른다. 그럴 땐 나를 팔면 된다. 최근 엄마가 돌아가신 지인이 있는데 마음의 준비를 못해 장례식을 허둥대며 치르고 엄마에게 묻지 못한 질문들 때문에 매일 후회하며 산다고. 나는 기꺼이 독자들의 후배가 되고, 선배가 되고, 친구가 되고, 직장동료가 되어줄 수 있다.

물론 네 가지 질문 말고도 엄마에게 듣고 싶은 말은 수없이 많다. 첫사랑, 학창 시절, 나를 키우며 가장 자랑스러웠던 순간, 모든 걸 포기하고 싶었던 시기, 그걸 이겨낸 방법, 외할머니와의 추억, 형제자매들 간의 다툼도 속속들이 알고 싶다. 무엇보다 40년 가까운 긴 세월동안 엄마는 외할머니가 보고 싶을 때마다 어떻게 견뎌냈는지 그 비법이 가장 궁금하다.

나는 엄마에 대해 아주 많이 알고 있다고 생각했다. 깊고 다양한 이야기들을 나눴다고도 생각했다. 그러나 엄마가 죽고 나서야 내가 아직 엄마에 대해 모르는 것 천지라는 걸 사무치게 깨달았다. 이제 다시는 알 방법이 없다는 사실과 함께. 그러나 이런 질문들이 아쉬움과 궁금함의 영역이라면, 앞의 네 가지 질문은 존엄성에 관한 문제다. 엄마의 마지막을 최대한 엄마가 원하는 대로 할 수 있게 돕고, 엄마가 죽고 나서도 금전적으로 손해 보지 않도록 하며, 동시에 엄마를 원망하는 사람이 없게 해주어야 한다. 그리고 엄마 없는 세상에서 우리가 엄마를 찾아갈 만남의 장소를 미리 약속해놓는 일이다.

우리는 이 질문을 엄마에게 명확히 묻지 못했다. 그래서 엄마가 살아 있을 때 지나가며 한 말들을 모으고 모아 그중 겹치는 부분이 있으면 사실로 간주하고, 여기저기 한 말이 다르면 빈말로 여기며 퍼즐을 맞추어야 했다. 우리가 맞춘 퍼즐은 이렇다.

첫째 질문. 엄마는 나에게 수목장을 해달라고 했다. 흙으로 돌아가고 싶다며 납골당은 답답해서 싫다고 말이다. 언니에게도, 동생에게도 같은 말을 했다기에 그게 엄마의 진심이라 믿고 수목장을 택했다. 미리 답사를 하지 않아서 상조회사와 연결된 장지전문가의 도움으로 팸플릿과 동영상을 보고 선택했다.

수목장, 해양장, 납골당은 사전답사를 할 수 있다. 관리가 어떻게 되는지 살펴보고 자리가 어느 정도 남아 있는지도 알 수 있다. 물론, 언제 돌아가실지 모르니 미리 예약을 해두는 건 가족과 상의해야겠지만 말이다. 그래도 어떤 방식의 장지를 결정할지는 본인 의사를 반영하는 것이 가장 좋다.

수목장을 하든, 매장을 하든 흙이 되어 자연으로 돌아가겠지만, 내 영혼이 잠들 곳, 내가 없는 세상에서 가족이 추억하러 올 곳을 스스로 정할 수 있는 것도 큰 행운 아닐까?

둘째 질문. 엄마는 사전연명의료의향서에 등록을 해놓았다. 19세 이상이면 누구나 임종 과정에 있는 환자가 되었을 때를 대비해 연명의료 및 호스피스에 관한 의향을 문서로 작성해둘 수 있다. 물론, 아직까지는 환자가 등록해놓아도 가족이 연명치료를 원하면 거절할 수 없는 게 병원 입장이라고 들었다. 엄마가 등록해놓았는데도 중환자실에 들어가기 전 엄마의 연명치료에 동의하냐고 물어본 걸 보면 실제로 그런 것 같다.

내가 적극적으로 결정할 필요는 없었다. 당장 기관삽관을 해야 할 호흡곤란 상황이 오지도 않았고, 중환자실에서 수일이 지나자 연명치료가 무의미할 정도로 엄마가 죽어가고 있다는 걸 알게 되었으니. 또 엄마는 나에게 수차례 인공호흡기 달고 목숨을 연명하고 싶지 않다고 말했다. 당사자가 생전에 연명치료는 싫다고, 자연스럽게 생을 마치고 싶다고 했다면 본인 의사를 존중해주는 것이 맞다고 생각했다.

하지만 연명치료에 동의하는 가족의 마음을 이해한다. 기적을 바라는 마음…. 코마 상태로 있다가 어느 날 갑자기 깨어났다는 누군가의 이야기를 종종 듣는다. '엄마에게 그 기적이 일어나지 말라는 법 있어?' 하는 욕심이 들고야 마는 것이다.

암 환자 카페에는 기관삽관만이 아니라 기관절개까지 하고도 잘 회복한 기적 같은 사람들 이야기가 있다. 또 본인이 강력하게 거절 의사를 비치더라도 의료진의 응급 판단으로 보호자의 동의를 급하게 받아 기관삽관을 하기도 한다. 이런 이야기를 듣다 보면 어떤 결정을 해야 할지 혼란스러울 것 같지만 당시 나는 상황의 심각성에 평소 연명치료에 대한 엄마의 생각을 더해보니 그리 어렵지 않은 결정을 내릴 수 있었다.

2018년 서울대 의대 내과학 교수직을 은퇴하고 현재 죽음학 강의를 하며 활동하고 있는 정현채 작가는《우리는 왜 죽음을 두려워할 필요 없는가》에서 연명치료에 대해 이런 견해를 제시했다.

심폐소생술은 물에 빠졌다가 구출된 후 숨을 쉬지 않거나 교통사고로 인한 치명상으로 심장이 멎은 사람의 생명을 구할 수 있는 대단히 중요한 응급처치법이다. 그러나 말기 암 환자의 심장박동이 멈췄다고 하여 소생술을 하는 것은 오히려 편안한 죽음을 방해하는 것이라고 할 수 있다. 비유를 하자면, 트랙을 수십 바퀴 돌아 지쳐 쓰러지기 직전의 경주마를 채찍으로 치면 조금은 더 간신히 달리겠지만 이때 말의 심정은 "아이고, 힘들어. 쉬고 싶어라"일 것이다.

지금 당장 부모님이 연명치료 의사를 밝힌다고 해서 일이 꼭 그렇게 진행되지는 않는다. 그래도 나중에 어떤 길을 결정해야 하는 상황이 왔을 때 연명치료에 대한 부모님의 평소 생각이 나침판이 되어줄 수는 있을 것이다.

장기기증은 엄마가 지나가는 말로 하고 싶다고 한 적이 있지만 들은 사람이 나뿐이어서 엄마의 의중을 확신할 수 없었고, 엄마는 이미 장기들이 많이 망가진 상태라 기증할 수 있는 장기가 거의 없었을 것이다. 장기기증은 내가 세상을 떠나는 동시에 누군가의 삶을 직접적으로 살리는 유일한 방법이라는 점에서 엄청난 의미가 있다. 그러나 유가족 입장에서는 쉬운 결정이 아니다. 생전에 부모님과 깊은 대화를 나눠보면 좋겠다.

셋째 질문. 부모님의 채무 관계를 미리 확인하고, 돈을 빌려주었다면 차용증 같은 자료를 꼭 써두시라 하자. 너무 개인적인 일이라 이야기하지 않을 수도 있다. 그럼에도 어떤 식으로든 증빙을 남겨놓으라고 당부하길 바란다. 나중에 곤란할 일이 사라진다.

반대로 부모님이 어딘가에서 돈을 빌렸다면 자녀들이 갚아야 한다. 이때는 상속받을 유산과 부모님의 부채를 계산해 상속포기나 한정승인 같은 선택지가 생긴다. 상속을 포기하지 않았다면 엄마가 쓴 카드값이나 핸드폰비, 연체된 세금이나 사대보험료 등을 모두 납부해야 한다. 죽음 뒤에도 숫자는 기어코 남는다.

넷째 질문. 무엇보다 내 삶의 길잡이가 되어줄 엄마의 마지막 말. 그것을 듣지 못한 게 큰 아쉬움으로 남는다. 하고 싶은 말이 무궁무진하게 많겠지만 그중에 엄마가 나에게 제일 남기고 싶은 말은 무엇이었을까? 유언이 있었다면 평생 내 인생의 가이드라인이 되지 않았을까. 녹화해두거나 손편지로 써 둔다면 살면서 흔들릴 때, 주저앉아 무너지고 싶을 때마다 그 걸 붙들고 일어날 수 있을 것만 같다.

부모님 정신이 온전할 때 "엄마, 살면서 가장 중요한 가치가 뭐였어? 엄마는 내가 어떻게 살았으면 좋겠어? 엄마가 살아보니 인생은 어떤 것 같아?" 같은 근원적 질문을 가벼운 대화처럼 던져보면 어떨까? 갑자기 유언 한마디 해달라고 하면 부모님이 놀랄 수 있으니.

부모님이 젊고 건강하다 해도 어쩌면 우리가 부모님의 죽음을 준비할 시간이 생각보다 촉박할지 모른다. 미리 준비했더라도 부모님의 죽음은 언제나 갑작스럽고 슬플 수밖에 없다. 그럼에도 부모님 죽음 이후의 문제에 대해 준비해두었다는 생각에 오늘을 더 평온한 마음으로 살 수 있지 않을까? 최소한 죽음이라는 갑자기 찾아온 불청객에게 대책 없이 얻어맞는 기분은 들지 않을 것이다.

보험은 마음껏
아플 수 있는 자유

엄마가 암에 걸리고도 6년이나 버틸 수 있었던 이유는 여러 가지가 있겠지만 그중 가장 큰 역할을 한 것은 단연 보험이다. 건강보험, 실손의료보험, 암보험, 간병인보험…. 엄마의 모든 보험에게 이 자리를 빌려 그동안 고마웠다고 감사 인사를 전하고 싶다. 엄마는 보험 덕에 초라하지 않은 마지막을 보낼 수 있었다.

엄마는 항상 보험료 내는 게 지긋지긋하다고 했다. 종류를 다 알 수도 없는 보험 고지서들이 매달 두둑이 우편함을 채웠다. 경제적으로 힘든 시기에 엄마는 보험을 이용해 대출을 받기도 하고, 도저히 낼 수 없을 때는 해지를 했다가 어느새 새로운 보험 아줌마와 친구가 되어 다시 가입하기도 했다.

그 지긋지긋한 보험이 엄마를 살렸다. 엄마가 암 진단을 받자마자 여기저기서 앞다투어 진단금이 나왔다. 사실 그때야 말로 엄마가 경제적으로 제일 궁핍하던 시기였는데, 진단금으로 다행히 생활비 걱정 없이 지낼 수 있었다.

한국의 건강보험이 얼마나 잘 되어 있는지는 감기만 걸려도 알 수 있지만, 건강보험은 큰 병에 걸렸을 때야말로 그 진가를 발휘한다. 진료비 영수증을 보면 말도 안 되는 금액이 청구되지만 건강보험으로 대부분의 항목이 마이너스 부호를 달고 사라진다. 최종적으로 내야 할 금액은 그리 부담스럽지 않게 훌쩍 작아진 몸집이 되어 있다.

부담스럽지 않은 금액도 계속 쌓이면 결국 부담스러워지기 마련인데, 그건 일단 수납을 한 뒤 진료비 영수증을 차곡차곡 모아 보험사에 전달만 하면 된다. 보험사는 왜 이렇게 내 돈을 자꾸 가져가냐는 눈치를 주지도 않고 '옛다! 치료비' 하고 쿨하게 통장으로 넣어준다. 다들 왜 이렇게 잘해주는 걸까?(그야 착실히 보험료를 냈으니) 요즘에는 핸드폰 어플로도 간편하게 보험료를 청구할 수 있다. 솔직히 말해 아프기에는 한국이 최고다. 난 무조건 늙어 죽을 때까지 한국에 살 것이다. 물론, 어떤 약이나 주사는 보험 적용이 되지 않는데 그건 교수님이 처방하기 전에 항상 말해주었다.

엄마는 병원에서 할 수 있는 치료는 다 했다. 보험이 없었다면 치료를 포기하거나 치료할 때마다 온 가족이 돈 때문에 스트레스를 받았을 것이다. 치료받지 못해 엄마가 죽었다면 지금보다 훨씬 더 슬프고 비참하고 괴로웠겠지.

엄마는 보험 덕에 마음껏 아플 수 있었다. 다시 생각해도 감사한 일이다. 그리고 이건 엄마가 다 설계해놓은 일이기도 하다. 지긋지긋해하면서도 끝까지 성실하게 보험료를 냈기에 받을 수 있던 혜택이다. 정보가 워낙 많은 시대니 아직 보험이 없다면 꼼꼼히 비교해보고 견적을 받아 가입하기를 권한다. 요즘은 내 보험을 점검해주고 보험회사별 비교견적을 내주는 어플들이 있어서 더욱 편리해졌다.

당장이라도 부모님과 본인의 보험 상태를 확인했으면 좋겠다. 실비는 꼭 있어야 하고 부모님들은 암보험, 간병인보험이 있으면 유용하다. 암보험은 암에 걸렸을 때 진단금이 나와서 일을 하지 못하는 상황에서도 생활비를 충당할 수 있고, 입원했을 때는 입원 일당, 수술을 하면 수술비가 나온다. 간병인보험은 가족이 항상 상주해 간호할 수 없을 때 보험회사에서 간병인을 보내주기에 유용하다(상품별로 상이하다).

우리는 엄마가 간병인보험을 들어놓았다는 사실을 모

르고 처음에는 사설 간병인업체를 이용했는데, 금액이 하루 15~17만 원으로 큰 부담이 되었다. 그 후 보험회사에서 보내준 간병인이 사설업체보다 엄마를 더 잘 케어해주었다.

추가로 엄마가 혈액암이었기 때문에 유전력을 걱정해 나는 물론 아이들까지 혈액암 관련 보험에 가입했다. 사실 모두가 이렇게까지 하지는 않는 것 같다. 하지만 가족이 큰병에 걸린 경험이 있는 나는 겁쟁이가 되어 보험을 촘촘히 점검했다.

엄마는 성실히 보험료를 납부하는 것으로 죽을 때까지 본인의 존엄성을 지켰다. 치료비를 걱정하지 않고 치료에만 집중할 수 있어서 우리 마음도 편안했다. 이쯤 되니 꼭 보험을 홍보하는 것 같지만 최악의 상상을 잘하는 겁 많은 친구의 오지랖 넓은 당부라고 생각해주시길.

엄마를 가르칠 수 있는 행운을
귀찮아하지 말 것

나는 지금 북적거리는 카페에 홀로 앉아 있다. 월요일 오후 1시, 카페는 중장년 여성들로 꽉 들어차 있다. 그녀들은 삼삼오오 모여 때론 진지하게, 때론 박장대소하며 끊임없이 대화를 나누는 중이다.

여지없이 그들에게서 내 엄마를 본다. 저 무리에 섞여 재미있는 이야기를 들으면 고개를 젖힌 채 웃어대던 엄마를 쉽게 그려낸다. 자연스럽게 느껴진다. 너무 자연스러운 나머지 내가 모니터로 눈을 돌렸다 다시 그쪽을 바라봤을 땐 엄마가 그곳에 앉아 있을 것만 같다. 하지만 그럴 일은 있을 수 없고 그래서 더욱 고집스럽게 모니터만 바라본다. 그저 그렇게 어딘가에 존재하겠지, 내 주변에 바람처럼, 향기처럼 흐르고 있겠지 믿는다.

잠시 화장실에 다녀오는 길에 팔짱을 끼고 걸어오는 모녀와 맞닥뜨렸다. 엄마가 남자화장실로 들어가려 하자 딸은 엄마가 세상에서 제일 재밌는 실수를 했다는 듯 깔깔대며 "엄마, 거기 남자화장실이야" 하고 엄마의 팔을 잡아끈다. 모녀는 소란스러운 웃음소리와 함께 여자화장실로 사라진다.

조금 전 나는 그들이 들어간 화장실에서 볼일을 본 뒤 물을 어떻게 내려야 하는지 몰라 순간 당황했다. 그러나 그것도 잠시, 물 내림 버튼이 벽에 붙어 있는 걸 보고 눌러 물을 내렸다. 요즘 공중화장실은 변기물 내리는 방법이 제각각이다. 노인들에게는 모든 게 점점 어렵게 느껴질 것 같다. 음식 주문하기, 택시 잡기, 하다못해 변기 물 내리기까지. 숨 쉬듯 당연하게 해낼 수 있던 일들이 키오스크, 택시 어플, 세련된 물 내림 버튼이 생겨나면서 난관이 되어가고 있다.

엄마가 살아 있었다면 매번 전화해서 피자 배달시켜달라, 택시 잡아달라, 화장실 레버가 왜 없는 것이냐 물었겠지. 살아 있었다면 귀찮은 내색 한 번 하지 않고 다 해줬을 텐데. 그러다 가끔은 심한 기계치인 엄마가 걱정돼 숙제를 못 마친 어린아이를 대하듯 내 앞에 앉혀놓고 가르치려 애도 써봤을 것이

다. 늘 그렇듯 엄마는 그다음 날이면 "나 못하겠어. 해줘" 하고
전화를 걸어왔겠지만.

엄마는 핸드폰으로 계산기 어플 하나 켤 줄 몰랐다. 몇 번
알려주다 두 손 들고 포기했다. 인터넷뱅킹도, 홈쇼핑 주문도,
저녁 하기 싫은 날의 저녁밥 주문도 내가 다 해주어야 했다.
엄마는 능력이 없다기보다는 의지가 없어 보였다. 내가 있으
니까. 나는 인상 한 번 찌푸린 적 없이 해달라는 대로 해주었
다. 엄마가 아프고 난 뒤부터는 부탁하기 전에 미리미리 부탁
할 법한 것들을 해놓기도 했다. 귀찮지 않았다. 도움이 될 수
있어 오히려 좋았다.

문득 궁금해진다. 언제부터였을까? 내가 엄마보다 할 줄
아는 일이 많아진 게. 지금 내 아이들처럼 세상 모든 궁금증을
엄마가 해결해줄 것 같아 "이건 뭐야? 이건 왜 이래?" 하며 엄
마 뒤꽁무니를 쫓아다니며 물었는데. 엄마는 대체로 친절히
답해주었지만 때로는 당황하며 이렇게 말했다.

"선희야, 그건 이따 아빠한테 물어보자."

엄마는 배움이 짧았다. 초등학교밖에 졸업하지 못했다. 한
번은 언니랑 마음먹고 엄마를 검정고시 학원에 보내주려 했는
데 엄마가 극구 사양했다. 필요도, 의미도 없고 괜히 돈만 아
깝다 했다. 엄마가 좁은 세상만 알고 사는 것이 못내 아쉬웠지

만 지금 생각해보니 엄마는 중고등학교 졸업장 없이도 삶의 지혜를 이미 모두 깨닫고 있었다. 엄마에게 졸업장 같은 건 정말 필요도, 의미도 없었을지 모른다.

내가 체했을 때는 직접 담근 매실액을 먹이고 손과 발을 따주었고, 피부병이 생겼을 때는 병원에서 해결되지 않자 어디선가 약초를 구해와 달인 물을 욕조에 쏟아붓고는 몸을 담그게 했다. 건조한 겨울밤이면 가려움에 매일 밤잠을 설치고 벅벅 긁어댔는데 엄마는 짜증 한 번 내지 않고 그때마다 내 몸을 살살 긁어주고 흉터가 나지 않게 손톱을 바짝 깎아주었다. 인터넷뱅킹은 할 줄 모르지만 공과금 고지서를 소중히 들고 은행에 가서 밀리지 않게 납부했다. 구멍 난 양말을 꿰매주고 겨울엔 이불을 뜯어 안에 솜을 넣어주었다. 외적으로, 내적으로 큰 상처 없이 우리 삼 남매를 키웠다. 본인은 큰 병에 걸렸지만 우리에게 모나고 못난 모습 보이지 않고 곱게 이 세상과 작별했다. 엄마에게 정말 졸업장 따위가 필요했을까?

엄마는 교육받지 못했으므로 교육하는 법을 몰라 우리를 방목했다. 우리가 요구할 때까지 학원에도 보내지 않았고 공부하라고 닦달하지도 않았다. 좋은 점수를 받으면 칭찬해주었지만 못한다고 구박하지도 않았다. 무슨 과목에 흥미가 있냐느니, 장래희망이 뭐냐느니 하는 질문은 들어보지 못했다.

나는 초등학교 시절부터 여러 방면에 재능을 보였다. 그림을 잘 그려 전국대회에서 상을 받았고, 춤을 잘 춰 3년 동안 운동회 때마다 구령대에 시범단으로 올라 학생 대표로 춤을 추었다. 머리가 좋아 한 번은 선생님이 엄마를 불러 "선희는 정말 똑똑하다, 한 학년을 월반해도 될 정도다, 꼭 신경 써서 공부를 시켜야 한다"라고 면담했던 기억도 생생하다. 그럴 때마다 엄마는 약간은 자랑스럽고 약간은 당황스러워하며 그저 그런 순간들을 버텨내는 것처럼 보였다.

이런 사건들이 있을 때마다 내게 무슨 일이 일어날 것 같은 기대감에 부풀었지만 엄마는 언제나처럼 아무 행동도 취하지 않았다. 그러면서 내 반짝이던 재능들은 서서히 빛이 꺼졌고 결국 아무 재능 없는 어른이 되고 말았다. 어쩌면 요즘 세상은 이런 걸 두고 잘못된 육아라 부를지도 모르겠다. 때로는 나조차 나의 평범함을 핑계 좋게 엄마 탓으로 돌리곤 했으니.

그러나 나는 엄마가 본인이 아는 선에서 최선을 다했다는 걸 이제는 안다. 엄마는 아침부터 밤까지 성실히 일했다. 늘 우리를 깨끗이 씻겼고, 곱고 예쁜 옷을 입혔다. 사뭇 진지하게 미간에 인상을 쓰며 정교하게 머리를 빗기고 땋아줬다. 손톱과 발톱이 길거나 때가 끼는 것이 꼴찌 하는 것보다 더 수치스러운 것처럼 유난을 떨었다. 삼시 세끼 따뜻한 밥을 지어 먹였다. 생선을 잔가시 하나 없이 발라 밥 위에 올려준 뒤 엄마는 가시에 남은 살을 뜯어먹었다.

파 한 단이라도 싸게 사려고 먼 시장까지 걸어 다니는 짠 순이였지만, 유치원생인 우리가 추석 때 달님에게 피아노를 선물해달라는 소원을 빌었을 땐 정말 피아노가 생겼다. 엄마는 전원 버튼 하나 누를 줄 몰랐지만 다른 엄마들보다 재빠르게 컴퓨터를 마련해주었다. 유행하는 옷도 사줬고 멋쟁이 파마도 해주었다. 어린이날에는 놀이동산에 데려갔고 소풍날에는 새벽부터 고소한 김밥 냄새에 눈을 뜨게 했다.

그 이상의 육아라는 건 엄마의 상상력 범위에 있지 않았다. 우리 삼 남매는 휘황찬란한 사교육은 받지 못했지만 엄마의 사랑과 희생과 믿음을 먹고 때론 휘청거릴지언정 비뚤어지지 않게 자랐다. 흔들리던 순간, 다 포기하고 싶었던 순간에도 절망의 길목 끝에서 엄마가 손전등을 켜고 언제까지나 미련스럽게 서 있을 것만 같은 상상이 늘 뭉근하게 들었기에 나쁜 어른이 되지 않을 수 있었다. 그게 엄마가 우리를 키우는 방법이었다.

나는 아이들을 사교육의 늪에 떠밀지도 모르지만 그래도 엄마의 육아를 배우고 싶다. 내가 할 수 있는 것들을 하며 아이들을 믿고 기다려주는 것. 엄마가 살아 있었다면 우리는 서로 지혜를 주고받으며 성장했을 것이다. 엄마는 내게 스마트폰 쓰는 법과 키오스크 누르는 법을 배우고, 나는 엄마에게 사춘기 아이들에게 상처받지 않고 자신을 지키는 법과 찢어진 아이들의 이불 꿰매는 법을 배웠을 텐데(바느질할 줄 몰라 찢어진 채로 세 달째 방치 중이다).

오늘따라 수많은 '~텐데' 때문에 마음이 쓸쓸하다. 창 밖에는 몇 시간째 눈이 쏟아지고 있다. 이런 날에 엄마는 소금을 뿌렸던가, 걸레로 복도를 닦았던가. 어린 우리가 감기에 걸릴까 봐 집 안에 가두었던가, 아니면 꽁꽁 싸매고 눈 위를 구르게 했던가. 오늘도 엄마가 궁금하고 그립다.

엄마가 피곤한 내게 매번 같은 질문을 해도, 아빠가 일에 치여 바쁜 나에게 자꾸 무언가를 시켜도 웬만하면 참을성 있게 가르쳐주길 바란다. 우리 역시 부모를 귀찮게 하며 자랐고, 그 귀찮음이 언제 끝나 아쉬워질지 알 수 없기 때문이다.

아이들은 같은 말을 수만 번 반복하게 하는 존재들이다. 그렇게 반복해도 다음 날이면 그런 말은 처음 듣는다는 듯 같은 실수를 한다. '우리 애가 좀 모자란가?' 의문이 들 때쯤 미세하게 한 뼘 자라는 듯하다. 내가 다 기억하지 못할 뿐 엄마가 내게 보여주었던 인내심을 돌려준다는 마음으로 기쁘게 도와드리자. 나는 오늘도 엄마 때문에 다시 귀찮아지고 싶다.

엄마의 장래희망은
할머니

★

수많은 선물이나 용돈보다 내가 엄마에게 건네주었을 때 엄마가 가장 행복해했던 것(?)은 바로 손녀딸이다. 요즘 같은 세상에 부모님에게 효도하라고 아이를 낳으라는 이야기는 아니다. 손주 봐주기 싫어서 자녀가 아이 낳는 것을 부담스러워하는 조부모도 있다고 들었다. 하지만 엄마는 내가 이십 대 때부터 유모차에 아이를 태워 밀고 다니는 할머니들을 부러움이 가득 담긴 눈으로 바라보곤 했다. "나는 언제쯤 할머니가 될까?" 종종 그런 얘기를 했다.

남편은 엄마가 암 선고를 받았을 때 겨우 스물아홉이었다. 당시 우리는 연애한 지 일 년도 채 되지 않았고 주변에 결혼한 친구라고는 한 명도 없었다. 어린 나이에 사업을 시작했기에 자리 잡을 때까지 결혼 생각이 없는 사람이었다. 그러던 어느 날, 엄마가 덜컥 암 진단을 받은 거였다. 나는 병원에 주저앉아 울다가 남자친구에게 전화를 했다.

"엄마가 암이래. 이제 어떡하지? 엄마 어떡하지? 엄마가 죽어버리면 어떡하지?"

두서없이 횡설수설하는 나를 달래며 세 살이나 어린 남자친구가 어른스럽게 말했다.

"괜찮아. 우리가 도와드릴 수 있어. 일단 결혼하자. 어머님 댁 옆에 신혼집을 얻자. 가까운 곳에서 지내면 어머님이 아프실 때 바로 병원에 모시고 갈 수 있을 거야. 그리고 일 년쯤 뒤에 아이를 낳자. 우린 다행히 둘 다 아기 좋아하잖아. 어머님이 건강하게 살고 싶어질 삶의 동기를 끊임없이 만들어드리자. 괜찮을 거야. 아무 걱정하지 마."

충격에 빠진 나를 달래려 한 말이었지만 그 노력이 가상하고 고마워 큰 위로가 되었다…고 생각하기 무섭게 우리는 곧 서로의 가족에게 인사를 드렸다. 엄마가 조혈모세포이식수술을 받고 회복하자 바로 상견례도 진행했다. 엄마는 빡빡 민 머리가 단발이 되기도 전에 가발에 뽕을 잔뜩 넣고 결혼식 화촉점화를 했다. 우리는 정말 엄마 집에서 1분 거리에 신혼집을 얻었다. 다른 건 몰라도 내가 평생 살 이 남자는 빈말하는 사람은 아닌가 보다.

그 뒤 정식으로 멋들어진 프러포즈를 해주었지만 나에겐 여전히 엄마가 암 선고를 받은 그날, 위로처럼 담백하게 제안했던 그 말이 프러포즈였다. 대판 싸운 날에도 그 생각을 하면 여지없이 마음이 녹고 만다.

이변 없이 축복 같은 첫아이 은유를 낳았다. 병원에서 조리원으로 이동하는 차 안에서 엄마는 손주를 처음 품에 안았다. 엄마가 늘 기다리고 상상해온 순간답게 물 흐르듯 자연스러운 몸짓이었다. 세상을 안은 듯 위풍당당해 보였고 금은보화를 쌓아둔 부자처럼 여유 있어 보였다. 병원에서 조리원으로 가는 데 걸린 시간은 단 20분이었지만 그저 조용히 잠만 자는 아기가 할머니를 사로잡기 충분했다.

조리원에서 퇴소하고 집에 오자마자 본격적인 엄마의 육아가 시작됐다. 수술하고 일 년 반이 훌쩍 지난 시점이라 엄마의 건강이 상당히 회복된 시기였다. 혈색이 좋고 움직임도 가벼웠다. 돌아보니 엄마가 암에 걸린 이후 가장 건강했던 짧은 시기였다. 그 당시에는 아주 오래 그런 시기가 지속될 거라 착각했지만. 엄마는 손녀를 보는 재미에 푹 빠져버렸다. 결국 할머니가 되는 기쁨을 누리려 그처럼 고되고 지난한 인생을 살아온 것처럼 아늑해 보였다.

정기적으로 병원에 검진을 받으러 갈 때마다 수치가 좋아졌다, 경과가 너무 좋다는 칭찬에 가까운 결과를 들었다. 엄마는 좋은 성적표를 받은 어린아이처럼 자랑스럽고도 쑥스러운 얼굴로 말했다.

"아기 덕분이에요. 손주를 보고 있으면 행복해져서 그런가 봐요."

바쁜 의사 선생님은 우리에게 늘 짧은 시간밖에 내주지 않았지만, 선생님에게 조금이라도 여유가 있었다면 관심도 없을 남의 손주 자랑을 오랜 시간 들어야 했을지도 모른다.

엄마의 하루는 아기를 보러 오거나, 아기를 보지 않을 때는 아기 동영상과 사진을 보는 것으로 가득 찼다. 거북이에게 등껍질이 있는 게 당연하듯 엄마는 등딱지에 아기를 대롱대롱 매달고 다녔다. 못내 자랑하고 싶은지 아기를 업고 괜스레 여기저기 돌아다녔다. 누구라도 엄마에게 "등딱지에 손주예요?" 물어봐주길 바라는 사람처럼.

"엄마, 은유가 그렇게 좋아? 우리 삼 남매보다 더 좋아?"

어느 날 묻자 엄마는 무슨 그런 황당한 소리를 하냐는 얼굴로 말했다.

"당연한 거 아니야? 은유가 세상에서 제일 좋아."

약간의 섭섭함은 세상에 내 아이를 나만큼 사랑해주는 또 다른 존재가 있다는 사실이 주는 안락함과 안도감으로 가볍게 누를 수 있었다. 엄마는 완벽한 할머니가 되었다. 35년 전 완벽한 엄마가 되었던 것처럼.

은유의 돌 즈음, 엄마는 다리를 절고 있었다. 무릎 통증이 심해져 줄기세포 치료를 한 뒤 회복 중이었기 때문이다.

"나 은유 돌잔치에 가지 말까 봐."

"왜?"

"외할머니가 다리를 절면 좀 그렇잖아. 사돈 분들 보기도 부끄럽고."

"그런 게 어딨어. 엄마가 은유 다 키웠는데. 우리 시댁 식구들 그런 분들 아닌 거 알잖아. 엄마 안 오면 나 그냥 돌잔치 안 할래."

내 으름장에 엄마는 못 이기는 척 목발을 짚고 등장했다. 돌잔치 중 사회자가 엄마의 불편한 다리를 눈치채지 못했는지 "외할머니! 앞으로 나오셔서 손녀딸에게 명주실 목에 걸어주세요!" 했을 때 엄마는 잠시 당황했지만 절뚝이지 않으려 온 발에 힘을 싣고는 애써 웃으며 걸었다. 그 씩씩한 모습에 내 마음은 얼마나 일그러졌는지.

그러거나 말거나 사진 속 손녀에게 명주실을 걸고 있는

엄마와 내 딸은 마주 보며 해맑게 웃고 있다. 저 명주실을 엄마 목에 걸어줬다면 엄마는 좀더 살았을까? 이제 와 괜한 상상을 해본다.

둘째를 임신했을 때는 무려 9년이나 딩크족을 유지해오던 언니 역시 임신 중이었다. 엄마에게 질세라 언니조차 완벽한 이모가 되어 내 딸을 열렬하게 사랑하다 못해 이제는 자신의 분신을 만들어내겠다는 결심을 굳힌 것이다. 갑자기 두 명의 손주를 더 보게 생긴 엄마는 기뻐했지만 간간히 걱정스러워 보였다.

"감자(언니 아기)랑 호두(내 둘째)가 은유만큼 예쁘지 않으면 어떡하지? 은유만큼 다른 아기를 사랑할 수 있을까 걱정돼. 그럼, 감자랑 호두가 서운할 거 아냐."

뭘 그런 걱정을 하냐며 놀리고 웃었지만 엄마는 제법 심각했다. 하지만 호두와 감자가 10일 간격으로 줄줄이 태어나자 엄마는 은유를 사랑했던 것처럼 그 아이들을 자연스레 품었다. 엄마의 사랑이 삼등분이 된 것이 아니라 사랑 바구니가 세 배로 커진 것이다. 삼 남매를 똑같이 사랑해주었던 것처럼 두 여자아이와 한 남자아이를 온 마음 다해 사랑해주었다.

태어나서부터 엄마가 눈을 감을 때까지 37년 동안 엄마를 봐왔기에 확실히 말할 수 있다. 엄마가 가장 행복했던 시기는 젖내 나는 아이들 품에 둘러싸여 있던 4년의 시간이라고. 그 누구도 엄마보다 마음이 부자일 수 없었다.

엄마가 죽기 전 의식을 잃고 중환자실에 들어갔을 때 간호사 선생님께 부탁해 병실에 스피커를 하나 놓았다. 그러고는 엄마와 아기들이 놀던 소리들을 들려주었다. 은유와 엄마가 하나, 둘, 셋 숫자 읽는 소리, 마주 보고 깔깔 웃는 소리, 노래 부르고 춤 추는 소리….

나는 의식을 잃은 엄마가 칠흙 같은 어둠 속에 갇혀 있을 거라고 생각했다. 행복했던 시절의 소리를 따라 걷다 보면 어둠을 뒤로하고 빛으로 나올 수 있을 거라 믿었다.

그러나 끝끝내 엄마가 빛을 찾지 못하고 죽음을 향해 걷는 중이라면, 그 걸음이 외롭지 않게 아이들 목소리가 힘이 되어주었으면 했다. 죽을 때 제일 마지막으로 사라지는 감각은 청각이라고 하지 않나. 중환자실에서 엄마는 분명 아이들에게 둘러싸여 마음으로 웃었을 것이다. 아니, 두고 가는 손주들이 걸려 울었을까? 그래도 외롭지는 않았을 것이다. 그거면 됐다.

내 아이들이 엄마를 행복하게 만들어주었다. 내가 할 수 있는 최대의 효도를 얼떨결에 해버렸다. 지금은 훌쩍 커버린 아이들이 예쁜 짓을 하면 깔깔 웃다가도 마음에 쓸쓸한 바람이 든다.

'엄마가 봤으면 얼마나 좋아했을까?'

숨 넘어가게 웃을 엄마가 훤히 그려진다. 나도 모르게 아이들 동영상을 엄마에게 보내려다 멈칫하곤 했다. 이젠 그런 순간들도 점점 줄어든다. 이제야 엄마의 죽음을 받아들이고 있나 보다.

할머니가 되는 것이 장래희망이던 한 여자는 세 아이를 낳고 또 그 아이들이 세 아이를 낳는 것을 보는 꿈을 이루고 웃으며 먼길을 떠났다.

2장 ——————————— 맞이하기

당신의 엄마가
임종을 맞이하는 순간

어제저녁, 중환자실에서 임종 면회를 위해 1인실로 옮겨온 당신의 엄마는 몸에 산소포화도와 혈압을 측정하는 기계를 그녀 삶의 무게처럼 주렁주렁 매달고 누워 있다.

"산소포화도와 혈압이 떨어지면 경보음이 울려요. 그러면 간호사를 불러주세요."

그 말을 마치고 간호사가 나간 지 얼마 되지 않아 경보음이 울렸다. 당신은 그것이 엄마가 세상을 떠나려는 마지막 신호인 줄 알고 크게 놀라 황급히 달려가 간호사를 찾았다.

간호사는 여유 있게 걸어 들어온 뒤 잠시 당신의 엄마를 살펴보고는 기계음을 껐다. 그러고는 다시 나갔다. 그 과정이 몇 번 반복되자 당신은 깨닫는다. 산소와 혈압은 이렇게 숙제를 하듯 성실히 조금씩 떨어지다가 완전히 사라질 것이고, 의료진은 양심 있는 의료인으로서 그 순간을 자의적으로 당기거나 미룰 수 없어 숨이 멎을 때까지 기계음이 울리면 찾아와 끄는 형식적 의무를 다하고 있는 것임을.

친지들과 엄마의 친구들이 차례로 들어온다. 엄마를 보고 쓰러질 듯 오열하다 당신을 격려하고 떠난다. 조금 뒤 장례식장에서 보자는 좀 이상한 약속과 함께. 당신은 그들이 오기 전에 이미 너무 많이 울어서 눈물이 마른 상태다. 그 와중에도 '엄마가 너무 무정한 딸을 뒀다고 동정받으면 어쩌지' 하는 어처구니없는 걱정이 생기고 '다음 손님부터는 좀더 슬픈 감상에 젖어봐야지, 내가 얼마나 엄마를 사랑하는지 보여줘야지', 바보 같은 다짐을 해본다.

모두가 떠나고 엄마 손을 하염없이 바라보다 슬며시 잡아본다. 손은 깜짝 놀랄 정도로 차고 퉁퉁 부어 있다. 갓 태어나 나약하고 물렁한 당신을 조심조심 씻기고 포근히 안았을 그 손. 아침마다 따뜻한 밥을 지어 먹이려고 찬물로 쌀을 씻었을 시린 손. 당신이 아플 때 슬슬 배를 쓸어주던 약손. 매일 청소를 하고, 속옷을 빨고, 바느질을 하고 또 때로는 파리채를 들어 매정하게 당신 종아리를 내리쳤던 그 손을 가만히 주물러

본다.

엄마가 건강했을 때 따스히 손 한 번 잡아준 적이 있었나 골똘히 생각해보지만 기억해낼 수 없어 또 눈물이 흐른다. 아무래도 눈물이 다 마른 것은 아니었나 보다.

당신의 엄마는 눈은 뜨고 있지만 아무것도 보고 있지 않다. 콧줄에 의지해 숨을 쉬고 있지만 숨소리는 거칠고 가래가 끓는다. 당신은 간호사에게 석션 도구를 받아 어설픈 손놀림으로 쉴 새 없이 엄마의 가래를 제거해준다. 답답함을 느낄 수 있는 상태인지 알 수 없지만 엄마의 마지막 가는 길에 작은 것이라도 거슬리지 않기를 바란다.

가족만 남아 있는 환경이 여러 시간 지속되자 낯설고 무거웠던 공기는 어느 정도 일상성을 회복한다. 당신은 형제들과 함께 커피와 삼각김밥을 먹으며 수다를 떤다. 간간이 웃기도 한다. 한 번씩 엄마 손을 주무르고 머리를 쓸어 넘기고 가래를 빼준다. 마치 엄마가 자고 있는 듯 행동한다. 언제까지나 이 평화가 계속될 것처럼, 우리가 영원히 함께 있을 것처럼.

경고음이 또 한 번 울린다. 당신은 간호사를 부르기 조금 머쓱한 마음이 든다. 버튼을 눌러 간호사를 부르는 것이 마치 호프집에서 냅킨 좀 더 달라고 호출벨을 눌러대는 것 같아 이번에는 직접 간호사를 부르러 간다.

"저, 경고음이 또 울리는데."

"네, 가볼게요."

이번에도 흘깃 당신의 엄마를 살펴보고 기계음을 끌 줄 알았던 간호사는 갑자기 분주히 엄마의 동공을 살피고 목에 손가락을 가져다 댄다. 산소포화도와 혈압 수치를 체크하고 돌아서서는 엄숙하게 말한다.

"환자분께서 돌아가셨습니다."

지금 막, 당신 엄마가 눈앞에서 숨이 멎었다.

가족들은 그 순간을 위해 모두가 모였던 것임을 까맣게 잊은 것처럼 놀라 오열한다. 엄마의 형제들은 동물 같은 괴성을 지르며 바닥을 구른다. 엄마는 5분 전과 똑같은 모습이었지만, 일생을 성실히 살아낸 사람답게 성실히 죽어가고 있던 것이다. 당신의 엄마는 드디어 삶의 모든 숙제를 마쳤다.

당직 의사가 들어와 심전도를 체크하는 기계를 가슴 여기저기에 꽂는다. 그러느라 들춰진 이불 사이로 엄마의 퉁퉁 부은 허벅지가 보인다. 부끄러움 없는 시체가 아니라 아직은 엄마이자 한 여자인 그녀를 지켜주고 싶다. 당신은 엄마의 환자복 원피스와 이불을 정리해 조심스레 덮어준다.

"2023년 8월 3일 2시 49분 환자분 사망하셨습니다."

의사가 사망선고를 내린다. 당신은 마치 엄마의 영혼이

당장이라도 떠오를 것 같아 엄마를 꼭 껴안는다. 사람이 죽으면 제일 늦게 사라지는 게 청각이라는 말을 주문같이 믿고 있는 당신은 수십 번 엄마 귀에 속삭였던 말을 다시 한번 꺼낸다. 엄마의 영혼이 꼭 이 말과 함께 떠나게 해주고 싶어서다.

"사랑해, 엄마. 그동안 고생 많았어. 우리 엄마여서 나 정말 행복했어. 애들 잘 키울게. 엄마 없이도 씩씩하게 잘 살아볼게. 아무 걱정하지 말고 편안히 가."

시간이 흐르며 점차 병실 안의 울음이 잦아든다. 누구라도 종일 쉬지 않고 내리 울 수는 없는 것이다. 눈물은 반드시 그친다. 언제 다시 흐를지는 시간 문제지만.

당신은 병원 옆 장례식장으로 향한다. 이제 당신 엄마의 이 세상 마지막 잔치인 장례식이 시작된다. 잔치의 주인공은 엄마지만 총괄은 당신이 맡는다. 당신은 지금부터 많은 것을 해내야 한다.

★　　　　　　　　장례식은 눈치 게임

　　　　　　　　　　하나, 둘, 셋!

"여기는 좀 좁지 않아?"

"여긴 쉴 공간 넓다. 친척들은 여기서 자면 되겠다."

"식사는 맛있겠지? 아무리 장례식장이라도 맛없는 밥은
좀 그런데."

30분 전 엄마를 잃은 딸과 그녀의 남편이 나누기에는 이
상하리만큼 평범하고 효율적인 대화다. 조금 있으면 엄마의
마지막을 위해 많은 사람이 모일 것이다. 결정할 것이 산더미
다. 그중 가장 먼저 정해야 할 것은 3일 동안 조문객을 맞이할
공간, 장례식장이다.

엄마는 대학병원에서 임종을 맞이해서 병원 옆 장례식장

을 찾아갔다. 장례식은 빈소 크기부터 식사 주문까지 완전히 눈치 게임이다. 손님이 앉을 곳이 없어 식사를 못하게 되거나 앉아 있던 분들이 허겁지겁 일어나야 하는 상황은 만들고 싶지 않았다. 그렇다고 너무 큰 빈소를 택하면 텅 비어 보이거나 돈을 낭비하게 될까 봐 걱정됐다. 빈소 크기가 한 단계 커질 때마다 하루에 몇십만 원씩 더 내야 했다.

남편과 쪼그려 앉아서 친척과 지인의 수를 생각할 수 있는 만큼 헤아려봤다. 그런데 그 모든 사람이 조를 짜서 시간 맞춰 올 것도 아니니 머리를 쥐어짜도 답이 나오지 않았다.

엄마는 항상 '모자르게 하느니 남기고 말지' 하는 태도로 베푸는 사람이었다. 엄마를 떠올리자 결정이 쉬워졌다. '그래, 사람들 밥 못 먹고 나가느니 널널하게 있다 가게 하자. 넓으면 밤에 여기저기 누워 자기도 좋지 뭐.' 그렇게 제일 큰 특실로 정했다. 막상 장례식을 치러보니 예상보다 많은 사람이 와서 첫날과 둘째 날 저녁에는 그 넓은 곳이 꽉 들어찼다. 3일장이지만 장례식장 사용료는 어디든 2일치로 계산한다. 하루 180만 원씩 360만 원을 지불했다.

이미 사용 중인 빈소를 예약한 거라 엄마의 빈소가 꾸려지려면 아침까지 기다려야 했다. 1인실에서 기다리면 장례식장 영안실로 안치해준다고 해서 숨이 멎은 엄마와 아침까지 함께 있었다. 병실에 의자가 몇 개 없어서 나는 엄마가 누운 침대 구석에 앉아 있다가 허리가 아프면 엄마 옆에 비집고 눕기도 했다. 죽은 엄마가 무섭지도, 이상하지도 않았다. '이러다 엄마 갑자기 일어나 앉는 거 아냐?' 오싹하고 가망 없는 생각이 자꾸 들었다. 해가 완전히 떠오른 아침이 되고서야 영안실에 엄마를 안치하고 빈소로 향할 수 있었다.

빈소가 꾸려졌다면 제일 먼저 결정해야 할 것은 상조다. 엄마가 미리 가입해둔 상조보험이 있어서 계약 내용을 검토하던 중 언니와 형부 회사에서 장례용품이 도착했다. 장례용품을 가져온 분이 마침 회사 연계 상조회사의 장례지도사여서 견적을 받아보았다. 엄마가 가입한 상조상품과 비교하니 기업 할인 덕에 가격이 더 좋아 회사 연계 상조회사로 결정했다.

정리하자면 상조는 선불제, 후불제, 장례식장 상품이 있다. 부모님이 상조보험에 가입해 매달 일정 금액을 납부하고 있다면 선불제 상품이다. 납입 기간이 만료되었으면 추가로 낼 금액은 거의 없다. 납입 기간이 남았다면 차액을 지불하면 된다. 선불제로 이미 납입을 다 했거나 납입이 끝나지 않았는데 그 회사 상조를 이용하고 싶지 않다면 추후 해약한 뒤 해약금을 받으면 된다.

우리가 이용한 상조회사는 후불제 상품이다. 기존에 가입해둔 상조가 없다면 당일 상조 서비스를 신청해 일시불로 납부할 수도 있다. 상조 가격은 천차만별이지만 보통 300~400만 원 선에서 선택하는 편이다. 우리는 300만 원 상당의 상품을 이용했고 50만 원 기업 할인을 받았다.

상조회사를 굳이 이용하지 않아도 장례식장 자체에서 운영하거나 연계되어 있는 상조를 이용하는 방법도 있다. 어느 서비스를 이용하든 장례지도사 한 분이 상주하며 전반적인 진행을 도와주는 것이 일반적이다. 장례식 중 지내는 제사나 입관, 발인까지 전부 장례지도사의 인도로 이뤄진다. 장례지도사는 3일 동안 궁금한 게 생기면 가장 먼저 찾게 되는 중요한 분이었다. 또 장례관리사(도우미) 분들은 하루 10시간씩 조문객 음식 서빙, 테이블 청소를 수시로 해주신다. 그 외 제공되는 상조 서비스로는 버스, 리무진, 유골함, 헌화, 상복, 수의 등이 있고 상품에 따라 가격은 천차만별이다.

언니와 형부 회사에서 온 장례용품은 음료수, 종이컵, 일회용기, 수저, 상에 펼쳐놓는 비닐, 세면도구, 담요, 슬리퍼 등이었는데, 회사에서 지원되지 않는다 해도 걱정할 필요는 전혀 없다. 장례식장에 전부 구비되어 있다. 돈만 내면 된다.

장례용품이 결정되고 나면 제단에 깔릴 제사상을 선택해야 한다. 기본상과 고급상이 있는데, 고급상이면 과일 수가 많아지고 종류가 더 다양해진다. 가격은 20~30만 원 정도. 성복제, 발인제 같은 제사를 올리려면 그때마다 제사상 비용을 추가로 내야 한다. 그러나 요즘은 장례식이 간소화되어 굳이 모든 제사를 지낼 필요가 없다. 우리는 매일 상식上食을 한 번씩 올리는 것으로 성복제와 발인제를 대신했다. 상식을 차릴 때마다 5만 원씩 추가 비용을 냈다. 다른 사람은 다 한다는 이유로, 친지들의 눈을 의식해 제사를 지낼 필요는 없다. 소신껏 하면 된다.

그 후에는 제단을 꾸밀 꽃장식 선택이 기다린다. 당연히 비싼 게 제일 고급스럽고 예쁘다. 팸플릿을 보고 장식을 고르는데 비싼 장식을 보고 나면 저렴한 장식은 허전해 보인다. 사람 마음이 다 같다. 조문객은 신경도 쓰지 않을 테지만 상주 마음은 그렇지 않다. 나는 엄마의 제단을 화려하게 꾸며주고 싶었다. 제일 비싼 장식에서 한 단계 낮은 상품을 선택했더니 110만 원이었다. 생전 꽃에 돈 쓰는 게 제일 미친 짓이라던 엄마가 관을 박차고 나올 만한 가격이었다(안타깝게도 그런 일은 일어나지 않았다).

장례식장 사진실에서 영정사진을 달라고 했다. 영정사진을 찍어두지 못한 우리는 첫딸 돌잔치 때 찍은 가족사진을 잘라 드렸다. 그러면 포토샵으로 보정한 뒤 액자로 만들어서 가져다준다. 그 사진을 메일로 받아 부고문을 만들 때 넣었다. 이 글을 보는 분에게 꼭 부모님 영정사진을 찍어두라 말하고 싶다. 건강할 때 찍자고 하면 어색할 수 있으니 가족사진을 찍는 방법을 추천한다. 좋은 추억도 만들고 훗날 가족사진에서 부모님 얼굴을 잘라 영정사진으로 쓸 수도 있다. 우리는 엄마가 마지막으로 병원에 입원했을 때 서둘러 가족사진을 찍으려고 예약했지만 엄마가 병원에서 다시는 나오지 못해 찍지 못했다. 아쉽고 후회되는 일이다.

지인들에게 부고문을 돌리고 상복으로 갈아입었다. 어떤 상황에서도 실없는 농담을 하며 낄낄거리는 게 특기인 삼 남매답게 역시 블랙이 잘 받는다는 둥 바지통이 너무 커서 상주가 힙합 하는 사람인 줄 알겠다는 둥 농담을 주고받으며 아침을 맞이했다.

오전 9시, 이제 본격적으로 조문객을 맞이할 시간이다.

육개장과
수육만큼은

★

첫 조문객이 장례식장에 들어섰을 때 우리는 이곳저곳 흩어져 각자 무언가를 바쁘게 하고 있었다.

"손님 오셨다, 손님!"

누군가의 외침에 우왕좌왕 빈소 앞으로 분주하게 모였다. 언니는 돌 지난 조카를 아기띠로 안고 있었고, 아빠는 여기서 대체 무얼 하고 있는 건지 실감하지 못한 듯 남의 장례식에 온 것처럼 쭈뼛거렸다. 나이 순서로 서야 하나? 아들이 제일 앞인가? 자리를 요리조리 바꿔보며 서는 모습이 시트콤 속 한 장면 같았다. 처음 해보는 일이니 잘 해낼 수 있을 리 없었다. 능숙한 유가족이 세상에 존재할까.

어수선하게 몇 번의 조문을 맞이했을 때 주재원으로 나가 있던 형부가 도착했다. 언니의 시부모님이 오셔서 조카를 받아주자 알록달록한 조카 옷으로 가려져 있던 언니의 시커먼 상복이 드러났다. 아빠는 그새를 못 참고 조문객들과 술을 잔뜩 마신 모양이다. 상복을 갖춰 입은 삼 남매와 두 사위, 만취한 아빠까지 한 줄로 섰다.

'음, 이제야 뭔가 제대로 돌아가는 느낌이군.'

조문객들이 오기 전 음식을 주문했다. 밥과 국은 한 번에 30인분씩, 고기와 전, 반찬, 떡도 한 번에 몇 킬로씩 배달된다. 음식이 도착해 맛을 봤는데 이 심각한 상황에서도 정말 맛이 좋았다. 밥 먹으러 장례식장에 오는 사람이 있을 리 없는데도 나는 안도했다. 다들 엄마 장례식을 맛없는 밥과 우울한 분위기로 기억하지 않았으면 했다. 특히 수육이 맛있어서 나는 자꾸 친구들에게 "수육 더 먹어. 기가 막히게 삶아졌어" 하며 돌아다녔다. 친구들은 '애가 왜 이렇게 해맑지?' 묻지도 못하고 내가 내민 수육을 집어 먹으며 "야, 여기 수육 맛집이다"라며 농담으로 받아주었다.

백세시대라는 세상에 아직 부모를 잃기에는 적합하지 않은 나이였다. 친구들도 이런 자리에 많이 와보지 않았을 것이다. 빈소에 서서 불안하게 눈을 굴리며 툭툭 쳐대며 동선을 맞추는 게 왜 이리 웃긴지 눈을 마주치지 않으려고 필사적으로 바닥만 바라보고 절했다. 먼저 부모님이 돌아가신 몇 안 되는 친구들만 네 맘 안다는 듯 따뜻한 공감의 미소를 담아주었다.

음식이 부족할 것 같으면 도우미 분들이 말해주어서 계속 채웠지만 둘째 날 밤이 되자 난감해졌다. 남은 음식은 얼마 되지 않는데 앞으로 몇 명이 더 올지 알 수 없었으니까. 식당은 9시에 마감하기에 시간을 놓치면 손님을 대접할 도리가 없다. 아, 정말이지 장례식은 눈치싸움이다.

8시 50분쯤 되었을 때 남은 음식은 15인분 정도였다. 손님들 발걸음은 거의 끊겼다. 나는 그래도 여유 있게 음식을 쌓아두고 싶었다. 엄마의 마지막 파티(?)에서 단 한 명에게라도 음식이 떨어졌다며 땅콩과 음료수만 내놓기 싫었다. 이모들은 둘째 날 밤이면 올 사람 다 왔다며 남으면 내다 버려야 하니 시키지 말라고 했다. '아, 그래도'와 '얘가 왜 이렇게 고집을 부려'의 실랑이 속에 언니와 고등학교 때부터 친했던 친구가 들어왔다. 언니 친구와 우리가 맞절을 하는 중에도 나는 머릿속으로 앞으로 올 사람과 남은 수육 양을 계산하느라 정신이 없었다.

'육개장과 수육만큼은 부족해선 안 돼!'

그 순간 언니가 내 팔을 확 붙들고 나를 황급히 일으켰다.

웃음을 꾹 참으며 귓속말로 "뭐 하는 거야, 미친년아!" 하기에 "어?" 하고 고개를 들어보니 다들 멀뚱멀뚱 서 있고 나만 죽은 사람에게 한다는 두 번째 절을 하는 중이었다.

"앗, 죄송해요! 제가 남은 수육 계산하느라고. 수육이 거의 떨어져서. 9시가 되면 수육 주문이 마감되거든요."

당황해서 자꾸 '수육수육'거리는 나를 보고 언니 친구는 웃지 않으려 이를 꽉 깨물며 사라졌다. 결국 마감 직전 음식을 넉넉하게 추가했다. 다행히 그 이후 꽤 많은 손님이 와주어서 깨끗이 동이 났다.

발인 전 정산을 했다. 식대는 총 632만 6000원. 방명록과 조의금을 정리해놓은 장부를 보니 이틀 동안 약 400여 명의 조문객이 찾아왔다. 이 숫자를 토대로 계산해보면 장례식장의 1인당 식대는 1만 6000원 정도지만, 장례식장에 문의하거나 커뮤니티에서 살펴보면 보통 2만~2만 5000원 정도로 잡는다.

장례식 식대가 평균보다 적게 나온 것은 도우미 이모님들께서 양 조절을 잘해주신 덕분이다. 상조회사를 이용하든 장례식장 상조를 이용하든 장례지도사와 도우미 이모분을 잘 만나는 게 중요하다. 유가족의 마음을 이해하고 배려해주는 분들이 있는가 하면 대충 시간을 보내다 가는 분들도 있다. 세상 모든 직장인이 다 똑같지 않을까?

운 좋게도 우리에게 배정된 이모님들은 버리는 음식을 아까워했다. 적당량을 담아 내보내며 더 필요하면 말해달라고 조문객들에게 안내하셨다.

편의점 사용료는 총 200만 8400원. '편의점에서 뭘 그렇게 많이 사'라고 생각할 수 있는데 장례식장의 모든 장례용품은 편의점에 있다. 국자, 도마, 고무장갑, 조의금 봉투 등 모든 것을 편의점에서 평균 시세보다 조금 더 비싸게 구입해야 한다. 기본 식기들을 집에서 챙겨 오거나 쓴 물건들을 챙겨갈 수도 있겠지만 당시에는 그런 세세한 것까지 신경 쓸 여유가 없었다. 상황이 된다면 아직 도착하지 않은 가족에게 부탁해 세면도구나 슬리퍼, 담요, 양말 등을 가져와 불필요한 낭비를 줄이는 것도 방법이다.

영수증을 일일이 확인하고 발인 전 정산실에서 계산을 마쳤다. 이제 엄마를 편안한 곳으로 모셔야 하는데, 우리 이제 어디로 가지?

엄마를 대체
어디에 모시지?

우리는 미리 정해놓은 장지가 없어서 장례 둘째 날 장례지도사에게 부탁해 장지전문가를 불렀다. 엄마가 중환자실에 있을 때 삼 남매가 인터넷으로 검색해 대강 마음의 결정을 하긴 했지만 이렇게 중요한 문제를 전문가와 상의 한 번 하지 않고 결정한다는 게 마음에 걸렸다. 실제로 그곳을 방문해 장지관리자들을 직접 만나본 사람의 이야기가 듣고 싶었다(만약 장지전문가를 부르지 않을 생각이라면 유튜브에서 장지전문가 채널을 미리 봐두면 큰 도움이 된다. 드론으로 장지를 촬영한 영상과 설명을 볼 수 있다).

장지전문가는 여러 장지의 팸플릿과 동영상을 보여주었

다. 그분이 보여준 영상에서도 애초 우리끼리 결정했던 수목장이 가장 마음에 들었다. 전문가분은 그 수목장을 관리하시는 분의 성향, 수목장에 남아 있는 나무, 수목장의 특징 등을 알려주었다. 우리와 잘 맞는다는 생각이 들어 그곳으로 최종 결정했다.

셋째 날 아침, 발인을 마치고 화장터로 향했다. 화장터는 처음 장례식장을 예약할 때 장례식장 직원이 가장 가까운 곳으로 잡아주었다. 예전에는 매장 위주였지만 요즘은 화장이 90퍼센트 이상이니 화장터 예약이 전쟁이라는 말까지 나온다. 화장터를 예약하지 못해 어쩔 수 없이 고인을 영안실에 안치하고 4일장, 5일장을 치르기도 한다.

화장터 비용은 관내와 관외가 크게 차이가 난다. 예를 들어 서울, 파주, 고양 시민이라면 서울시립승화원(벽제)과 서울추모공원 두 곳의 화장터를 관내비용으로 이용할 수 있다. 성인(만 13세 이상)은 12만 원, 소인은 10만 원이다. 그런데 이 두 곳 화장터의 예약이 모두 찼을 경우에는 관외(타지역)로 가야한다. 그렇게 되면 성인은 100만 원, 소인은 40만 원이다. 화장터마다 자녀 감면, 인접지역 감면 같은 혜택이 있지만 관외로 갈 경우에는 감면을 받아도 관내보다 다섯 배 이상 비용이 더 발생한다는 것은 동일하다. 화장터 예약이 다 찼거나 화장장이 없는 지역주민들은 원정 화장을 할 수밖에 없어 경제적 부담을 지게 되는 것이 현실이다. 그러나 화장터를 신설하는 일은 복잡한 절차와 과정이 있기에 빠르게 해결할 수 있는 문제가 아니다. 관외비용 감면 같은 현실적 방안이 필요하다는 목소리가 높아지는 이유다.

우리는 다행히 화장터에 빈자리가 있어 큰 문제 없이 화장할 수 있었다. 엄마를 화장할 수 있어 다행이라니 좀 이상한 말이지만 현실이 그렇다. 화장을 마치면 엄마는 작은 유골함에 담겨 나온다. 이제는 정말 다시는 엄마의 육체를 만날 수 없다. 어제 입관식에서 얼음처럼 차가운 엄마를 마지막으로 껴안았다. 그때까지도 엄마는 여전히 엄마의 모습으로 남아 있었지만 이제는 단숨에 가루가 되어 작은 유골함 안에 고요히 담겼다.

상자에 담긴 엄마를 안아 들고 버스에 올라 한 시간 반 동안 먼 길을 달렸다. 며칠을 제대로 자지 못해 졸렸지만 잠결에 유골함이 굴러떨어질까 불안해 깊이 잠들 수 없었다. 그렇다고 엄마를 발밑에 내려놓고 싶지 않았다. 꾸벅꾸벅 졸며 엄마를 안고 갔다.

끝없이 펼쳐진 바닷길을 시원하게 달리다 보니 어느새 한적한 절 하나가 나타났다. 부처님께 인사를 올리고 스무 개 남짓한 계단을 오르자 수천 평의 드넓은 수목장에 수백 그루의 나무들이 아름답게 줄지어 서 있었다. 보는 것만으로도 속이 뻥 뚫렸다. '사진만 보고 고른 곳인데 정말 괜찮을까.' 장례식 내내 마음 한구석이 불안했는데 수목장에 도착하자 가족 모두 탄성을 터뜨렸다.

"여긴 엄마가 무조건 좋아할 곳이야!"

남아 있는 나무 중 가장 마음에 드는 나무를 고르고 그 앞에 작게 구덩이를 파서 엄마의 유골을 넣었다. 가족이 한 삽씩 흙을 떠 묻으며 마지막 인사를 했다.

"여기 어때? 엄마 마음에 들었으면 좋겠다. 잘 가, 엄마. 사랑해."

엄마를 묻고 그 앞에 앉아 있으니 마음이 편했다. 나무에 엄마의 영혼이 감겨 있는 듯했다. 엄마도 나무가 되어 행복하겠지. 엄마는 뿌리가 깊고 튼튼한 나무 같은 사람이었으니까. 엄마다운 마무리를 한 것 같다. 한평생 단단하고 한결같던 나의 엄마. 나의 나무, 나의 뿌리. 신선한 공기를 마시며 지내다 좋은 곳으로 훨훨 떠나. 그리고 가끔 이곳에서 만나자.

안녕, 엄마.

★

엄마 장례식장에서

때아닌 웃참 챌린지

삼 남매에게는 이상한 습관이 하나 있다. 어떤 상황에서
든 농담을 주고받으며 실없이 웃는다는 것이다. 아무래도 어
렸을 때부터 무섭거나 무거워지는 상황이 생기면 빠르게 웃음
으로 무마하던 반사적 행동이 오랜 시간 축적되어 습관이 된
듯하다.

엄마는 2018년에 다발골수종이라는 혈액암을 진단받고
항암을 시작했다. 2019년 초에는 항암을 마치고 자가조혈모
세포이식수술을 받았다. 자가조혈모세포이식이란 조혈기관·
림프조직 종양을 앓고 있는 환자의 조혈모세포를 채취해 종양
세포를 제거하고 선택적으로 보관해두었다가 그것을 환자 자

신에게 되돌려주는 것이다.

본인 조혈모세포를 이식하는 것이다 보니 크게 위험한 수술은 아닌데 수술을 마치고 무균실에서 회복하는 과정이 상당히 힘들다. 구토와 설사, 고열을 동반하고, 입과 목이 다 헐어 물조차 잘 마시지 못하며, 잠을 자지 못할 정도로 손발이 심하게 저리기도 한다. 엄마는 항암 때도 빠지지 않았던 머리가 이때 전부 빠졌다.

무균실에는 보호자 한 명만 있을 수 있고 보호자 이외의 가족은 창문 밖에서 인터폰으로 면회를 해야 했다. 대체로 내가 엄마 옆을 지켰는데 엄마의 모습은 옆에서 지켜보는 것만으로도 참혹했다. 화장실에 갈 기력이 없어 옆으로 누워 쓰레기통을 받치고 눈을 감은 채 구토를 했다. 밤새 설사를 하는데 바로 옆 변기까지 걸을 수 없어 내 부축을 받으며 기어서 가기도 했다. 구토를 하면서 온몸에 강하게 힘이 들어가 허벅지 정맥이 터져 간호사들이 밤새 지혈을 한 적도 있다.

지옥의 시간을 보내고 있는 엄마에게 내가 해줄 수 있는 거라곤 물에 빨대를 꽂아 먹여주는 것뿐이었다. 엄마와 눈만 마주쳐도 눈물이 날 것 같아서 매번 뜨거운 눈물 한가득을 목구멍으로 꿀꺽 삼켰다. 그런 날에도 삼 남매는 엄마에게 장난을 치며 웃었다. 엄마를 한 번이라도 웃게 해주려고. 엄마의 웃는 모습을 봐야만 안심이 되어서. 불행이, 죽음이 엄마 가까이 왔다가도 우리가 이렇게 웃고 있으면 번지수 잘못 찾은 우체부처럼 머리를 긁적이며 돌아설 것 같아서.

하루는 면회를 갔더니 전날에 비해 엄마 머리카락이 잔뜩 빠져 있는 걸 한눈에 봐도 알 수 있었다. 누가 쥐어뜯은 것 같은 모양새였다. 엄마는 자꾸만 손가락으로 머리카락을 쓸어내렸다. 쓸어내릴 때마다 계속 빠지는 게 약간은 신기하고 조금 서글픈 듯한 표정이었다.

"엄마, 골룸 아냐? 미용실에서 골룸 스타일로 해달라고 했어?"

내 어처구니없는 농담에 엄마가 희미하게 웃었다. 나는 몇 없는 엄마 머리를 빗겨주며 말했다.

"퇴원하면 머리 빡빡 밀자. 새 머리가 예쁘게 날 거야."

그때 마침 면회 온 동생이 창밖에 서서 인터폰을 들었다. 급히 할 말이 있는 듯했다. 엄마가 힘없이 인터폰을 받아 들자 동생이 말했다.

"엄마, 골룸 아냐?"

엄마가 머리를 빡빡 밀던 날도, 가발을 맞추던 날도, 췌장염 수술을 하러 들어가던 날도, 망가진 무릎 관절에 줄기세포 치료를 하고 그게 또 괴사가 와서 다시 인공관절을 넣는 수술을 하고, 그러다 혈액암이 재발하고, 항암에 수차례 실패하고, 점점 죽어가던 그런 날에도 우리는 농담을 하며 웃었고, 엄마도 그런 우리가 귀엽다는 듯 따라 웃었다. 그게 우리가 이 믿기 힘든 현실을 견디는 방법이었다.

그런 우리였으니 장례식장에서도 웃음을 참으려 서로의 눈을 피하고 코를 막는 일이 얼마나 많았는지. 시작은 언니네 회사 동료 한 분이 절을 하다가 보인 빨간 팬티 때문이었다. 자리가 자리인 만큼 참아보려 했지만 입이 근질거려 결국 언니의 귀에 속삭이고 말았다.

"와우! 좀 열정 있으시다. 역시 저 정도 열정은 있어야 대기업 다니는군."

언니는 웃음을 참으려 괜히 두리번거리면서 갑자기 뭘 찾는 척했다.

장례식장에서는 향을 피우거나 도자기에 있는 국화꽃을 제단에 올려야 하는데 엄마 친구 한 분이 하염없이 눈물을 흘리면서 엄마 사진 옆에 놓인 꽃을 도자기에 도로 꽂아 넣으셨다. 그 모습을 유심히 지켜보던 언니가 나에게 귓속말했다.

"야, 엄마 이럴 것 같지 않냐? '내 꽃 내놔, 이년아!'"

나는 뒤돌아서서 가만히 코를 막고 웃음을 참았다. 그런가 하면 남편 친구 한 명은 급하게 들어와서 절을 하다 말고

향을 피우지 않은 것이 불현듯 생각났는지 그대로 한 다리로만 무릎을 꿇은 채 멈춰서 허공에 대고 말했다.

"향을 피워야 하나?"

내가 동생에게 귓속말을 했다.

"다짜고짜 엄마한테 프러포즈 자세?"

동생은 이를 꽉 깨물고 마른세수를 했다. 그 친구가 프러포즈 자세를 멈추고 일어나 향을 피우다가 손을 데어 "앗 뜨거!" 하고 제단에다 냅다 향을 던졌을 때 우리는 참는 걸 포기하고 큰소리로 웃어버렸다. 그 뒤로도 줄지어 이어진 열정의 빨간 팬티와 구멍 난 양말과 절할 때 관절에서 나는 우두둑 소리들이 우리를 슬픔에 잠기지 못하게 했다. 한동안 웃을 만한 일이 없으면 괜히 실없는 소리를 주고받으며 낄낄댔다. 그러다 영정사진 속 엄마와 눈이 마주치면 더 웃겨서 혼잣말을 내뱉었다.

'아, 미안해 엄마. 근데 웃기긴 하잖아. 그치?'

사진 속 엄마는 웃음을 참는 듯한 얼굴이다.

생전에 영정사진 하나 준비해두지 못한 나는 내 첫아이 돌잔치 때 찍은 가족사진 중 하나를 확대해 영정사진으로 썼다. 엄마가 온 맘 다해 사랑한 첫 손녀의 돌잔치 날. 손녀가 판사봉을 잡아 엄마가 기대에 부풀었던 그날. 엄마는 꽤 행복해

보인다.

엄마가 돌아가시기 전 가족의 장례식을 상상하면 땅을 치고 통곡하거나 눈물을 흘리다 지쳐 쓰러지는 모습이 그려졌다. 그간 드라마에서 그런 장면을 많이 봐서 그런 것 같다. 하지만 막상 장례를 치러보니 오랜만에 만난 친구를 봤을 때는 반가웠고, 예상치 못한 상황에서는 웃음이 나오기도 했다. 그러다 순식간에 눈물이 소나기처럼 쏟아지기도 했지만.

좋은 유가족의 자세는 잘 모르겠지만 그들이 술에 취하든, 갑자기 오열하든, 뜬금없이 웃어버리든 사람들은 이런 시선으로 바라봐주는 것 같다.

'그래, 네 속이 속이겠냐. 네가 제정신이겠냐.'

얼마 전 SNS에서 할아버지 장례식장에서 손녀들이 영정 사진을 앞에 두고 신나는 노래에 춤을 추는 영상을 봤다. 할아버지께서 생전에 손녀딸들이 그 춤을 추면 그렇게 좋아했다고 한다. 사람들 댓글은 '괜찮다'와 '관종이다'로 반반 나뉘었다.

고인을 추모하는 방식이 슬프고 괴로워해야만 한다는 법이 있을까? 물론 장례식장에는 조문객이 많이 와 있고 다른 빈소도 있으니 조심스럽긴 하다. 앞뒤 상황을 모르는 조문객은 유족의 진정성을 폄하할 수도 있다. 그러나 그 진의만큼은 의심하지 않는다. 할아버지가 그렇게 좋아하던 손녀들의 재롱을 마지막으로 한 번 부리고 싶은 마음. 긴 시간 행복하게 살다 떠난 분을 보내는 가족들만의 작별인사.

　예의에 어긋나지 않는 선에서 가장 우리답게, 최대한 덜 아프게 그 시간을 보내면 되지 않을까. 엄마라면 우리가 엄마 장례식에서 낄낄대고 웃는다 해도 좋아할 거다. 엄마가 낳은 이후 우리는 늘 이래왔으니까. 엄마가 눈에 보이지는 않지만 꼭 그 공간에 함께 있는 것만 같았다. 웃음 참는 얼굴로 이렇게 말하면서.

　"그래, 이래야 내 새끼들답지."

★

특명!
조의금을 지켜라

장례식 중에는 조의금 봉투를 넣는 부의함을 잘 지켜야
한다. 유가족은 빈소에서 조문객을 맞이하는 것만이 아니라
제사를 지내고 입관식에 참여해야 하며, 종종 조문객과 이야
기를 나누느라 부의함을 신경 쓰기 어렵다. 이런 비통한 날에
도난 사고라도 나면 심정이 얼마나 처참할까? 실제로 결혼식
장이나 장례식장을 노린 절도범이 가끔 뉴스에 나온다. 결혼
식장에서는 손님이 몰려 정신없을 때 축의금을, 장례식장에서
는 관리가 소홀한 새벽 시간에 조문객인 척 들어와 조의금을
들고 가는 것이다.

조의금은 고인을 추모하고 유가족을 위로하러 와주신 분

들의 소중한 마음이며, 장례식과 장지 비용이 되어줄 아주 중요한 돈이다. 그렇기에 조심 또 조심해야 한다. 우리는 믿을 만한 친지에게 살펴달라고 부탁했다. 장례식이 진행되는 동안 주문한 음식이나 편의점 영수증을 수시로 가져다주는데, 편의상 부의함 앞에 앉아 있는 사람에게 준다. 그 영수증도 잘 모아달라고 부탁했다.

부의함은 무조건 자물쇠로 잠가놓자. 보통 자물쇠가 책상 서랍 안에 들어 있다. 한 번씩 열어 넘쳐 있으면 봉투를 차곡차곡 정리해 묶어두거나 방에 있는 금고에 보관하면 된다. 부의함을 열어보면 안에 통이 있는데 통 밖으로 봉투가 몇 개씩 삐져나가 있다. 부의함을 비울 때는 통 주변까지 잘 확인해야 한다.

발인 전 조의금 봉투를 모두 정리해두면 수월하다. 각 조의금 봉투에 금액을 쓰고 엑셀로 정리해놓은 뒤 정산실에서 총금액을 맞추면 된다. 그 현금으로 장례식장 비용을 결제하고 나머지는 ATM기로 입금해두면 일이 편하다. 하지만 우리는 조의금 정리를 마치지 못한 상태여서 어쩔 수 없이 신용카드로 결제한 뒤 꽤 많은 돈이 든 조의금을 들고 화장터로, 장지로, 식당으로 가야 했다. 어찌 되었든 추후 오차 없이 조의금을 정리했고 장례비용에도 실수가 없었으니 다행인 일이다.

아무리 경황이 없어도 슬픔에 비통함과 억울함을 더하지 않으려면 정신을 바짝 차려야 한다. 슬픔은 슬픔이고 돈은 돈이니까.

어른이라면
감사 인사를 해야지

　결혼식이든 장례식이든 큰 행사가 있을 때 도움을 준 이에게 성의 표시를 어느 정도 해야 하는지 결정하는 것은 언제나 모호하고 어렵다. 그래도 결혼식은 통상적인 금액이라도 있는 것 같은데 장례식은 그렇지 않다.

　사실 장례식에서 어떤 식으로든 고인의 가족을 돕는 사람은 무언가를 바라고 돕는 게 아닐 것이다. 그러나 우리는 장례식 내내 우리를 도운 이들에게 감사함을 표하고 싶었다. 3일 내내 침착하고 든든하게 장례식을 이끌어준 장례지도사에게는 10만 원을, 버스를 운전해주신 기사분에게는 5만 원을 드렸다.

3일 동안 장례식장에 머물며 마지막 날 엄마 관을 운구해준 동생 친구들 여섯 명에게는 100만 원을 주었다. 이건 좀 보편적인 액수는 아닌 것 같다. 동생이 나와 일곱 살이나 차이가 나기에 장성한 이들이라 해도 내 눈에는 여전히 아기 같다. 그 아기들이 장례식장 한편에서 내내 동생 곁을 지키고, 친구 엄마를 위해 눈물을 흘리며 관을 들어주었다. 그날만큼은 잘 대접해주고 싶었다.

부의함을 하루씩 지켜준 친척 오빠와 친척 동생에게는 20만 원 상품권을 기프티콘으로 보냈다. 사람에 따라 이 성의 표시가 과하다거나 약소하다고 느낄 수 있다. 본인이 적절하다고 생각하는 대로 마음을 전달하면 된다. 만약 여건이 되지 않는다면 물질적인 것이 아니더라도 진정성이 담긴 감사 인사를 최대한 빠른 시일 내에 전하는 게 도리일 것이다.

장례식을 도와준 분들만이 아니라 찾아와준 조문객에게도 일일이 인사를 해야 한다. 그런데 삼우제까지 마치고 나자 만사가 귀찮고 아무 힘도 남아 있지 않았다. 장례식에 와준 사람들의 방명록을 뒤져 일일이 찾아보는 것도, 성의가 담긴 문자를 쓰는 것도 엄청난 숙제처럼 느껴졌다. 내 인사를 받고 뭐라고 답장해야 하는지 자판 위에서 망설이는 사람들 손가락을 상상하면 우울했다. 슬퍼 죽겠는데 해야 할 일이 왜 이렇게 많은지 어른 노릇하기가 참 버겁다.

그래도 무례한 인간보다는 무리해서라도 예의 있는 인간이 되어야지 하며 스스로 등을 떠밀었다.

"엄마 장례식에 와주셔서 감사합니다. 덕분에 장례 잘 치렀어요. 더 빨리 인사 드렸어야 하는데 도무지 어떤 말도 나오지 않는 어려운 시간을 보냈어요. 이제는 힘내서 일상으로 돌아가려 합니다. 이번 기회에 주변에 소중한 사람이 많다는 걸 느꼈습니다. 다시 한 번 감사합니다. 이 은혜는 살면서 갚아나가겠습니다."

힘을 쥐어짜 조문객들에게 메시지를 보냈다. 겨우 이걸 했다고 기진맥진해 낮잠을 잤다. 깨어 보니 사람들의 담백한 위로가 담긴 답장이 와 있었다. 분명 위로받고 싶지 않다고 생각했는데 따뜻한 위로를 받고는 감동해서 한참 동안 눈물을 펑펑 쏟았다. 내 감정이 완전히 고장 나서 널뛰었다.

우리를 울리고 웃긴
친구들의 배려

장례 첫날 저녁, 부의함을 지키던 친척 오빠가 누군가 주고 갔다며 꾸러미 하나를 건넸다. 안에는 스무 명은 족히 먹을 자양강장제와 비타민, 호두과자, 아이스 커피 열 잔이 있었다.

"누가 주고 갔어? 왜 나한테는 말도 안 했지?"

"너 불러줄까 물어봤는데 바쁠 텐데 신경 쓰이게 하기 싫다고 바로 갔어."

때마침 핸드폰에 메시지 알람이 울렸다.

"선희야, 내가 푼수 짓 좀 하고 간다. 내일 입관이랑 모레 발인까지 하려면 너 몸 챙겨야 해. 커피는 좀 마실까 해서 두고 가고, 당 부족할 때 호두과자 한 알씩이라도 먹어. 내일 입관하고 나면 진 빠질 테니 가족들이랑 자양강장제도 챙겨 먹고. 여기저기 인사하느라 힘에 부칠 듯해서 얼굴은 안 보고 입구에 두고 간다. 기운 좀 더 내서 엄마 잘 보내드리자. 언제라도 연락하고 몸 챙기길 바래."

몇 안 되는 대학 친구 중 한 명인 K였다. 부모님도 멀쩡히 살아계신 애가 어디서 이런 배려를 배웠을까. 매끼 먹는 육개장과 지나치게 단 캔커피에 물려 있던 가족은 친구가 사 온 간식을 가뭄 속 단비처럼 좋아했다.

장례 첫날에 왔는데 둘째 날에 또 온 고등학교 친구 S도 있었다.

"어떻게 된 일이야? 왜 또 왔어?"

"어제 보니까 손님이 너무 많더라고. 혹시 도울 일 있을까 해서 왔지. 나 신경 쓰지 말고 빈소에 있다가 필요한 거 있으면 불러줘."

도우미 이모들이 일을 잘 해주셔서 친구가 도울 일은 없었지만 내 마음의 온기가 더해졌다. S도 엄마, 아빠가 다 건강히 살아 계신 친구다. 나는 왜 예전에 친구들 부모님이 돌아가셨을 때 이렇게 못했을까? 그동안은 어려서, 몰라서, 안 겪어봐서라고 이유를 댔는데 이제는 그 핑계도 의미가 없어졌다.

언니의 친구는 조카가 먹을 이유식과 간식을 잔뜩 챙겨

와 언니를 울리기도 했다. 경황이 없던 언니가 미처 챙기지 못할 것이란 걸 알아본 것이다. 장례식 내내 따뜻한 사람들의 다정함이 우리를 울리고 웃게 했다.

물론 유가족 입장에서는 조문을 와주는 것만으로도 감사한 일이다. 엄마 장례식에 찾아온 모든 친구의 얼굴과 마음을 기억한다. 당연한 말이지만 아무것도 챙겨주지 않아도 전혀 서운하지 않다. 다만 지쳐 있는 나를 위한 친구들의 섬세한 배려에 정말 힘이 났고 큰 위안을 받았다. 나도 친구들에게 꼭 필요한 순간 진심 어린 위로를 전하겠다고 마음먹었다. 되도록 그런 일이 오래도록 안 생기면 가장 좋지만 말이다.

그런데 두 달도 채 지나지 않아 친구 J의 어머니가 갑작스러운 사고로 돌아가셨다. 나는 크게 놀라 가는 내내 울다가 번뜩 정신을 차리고 근처 제과점에 들러 과일주스와 간식거리를 샀다. J가 입덧 때문에 제대로 먹지 못하고 있을 것 같았다.

J는 임신 6주 차. 바로 그 전주인 임신 5주 차에 설레는 목소리로 내게 임신 소식을 알리며 말했다.

"선희야, 아직은 조심스러우니까 너만 알고 있어."

J 앞에서는 눈물을 흘리지 않기로 다짐했지만 다짐이 무색하게 장례식장에 들어서자마자 신발도 벗기 전에 눈물부터 터졌다. J를 온 마음 다해 안아주었다. 내 위로의 진심이 닿길

바라며.

임신 초기인 J가 걱정되어서 마음이 미어졌다. 여자에게 엄마가 가장 필요하고 또 엄마의 마음을 이해하게 되어 엄마를 극적으로 사랑하게 되는 시기가 임신과 출산 때인 걸 알고 있기 때문이다. 겨우 울음을 그치고 자리에 앉아 아직 꽉 막힌 코를 풀며 말했다.

"너희 엄마 종교 있어?"

"아니, 무교야. 왜?"

"우리 엄마 61년생이고 너희 엄마 62년생이니 하늘나라에서 친구 해도 될 것 같은데."

"하라고 하자."

"근데, 우리 엄마는 극락 갔거든. 부처님 품 안에 계신데, 너희 엄마 무교라서 올 수 있을까?"

"아, 부처님은 무교는 안 받아주셔?"

"모르겠네. 근데 자비로움이 모토시니 받아주실 수도 있을 것 같지 않냐? 한번 부탁해볼게."

우리는 다른 손님들 눈을 피해 킥킥대고 웃었다. 내가 새로 부여받은 자격, 엄마 없는 인간이어서 가능한 위로였다.

삼우제와 49재는
필수 아닌 선택

평생 삼우제를 삼오제로 알고 살았다. 사람이 죽고 나면 3일 동안 장례를 치르고 5일째 제사를 지낸다는 뜻이겠거니 내 멋대로 해석한 것이다. 인터넷에도 삼우제를 치면 "삼오제가 맞나요? 삼우제가 맞나요?" 하는 글이 종종 있는 걸 보니 이 단어에 대한 혼돈은 비단 나만의 문제는 아닌 것 같다.

올바른 명칭은 삼우제이고 장례를 치른 뒤 초우제와 재우제 두 번의 제사를 마치고 세 번째 지내는 제사라 해서 삼우제다. 초우제는 고인을 땅에 묻고 산에서 돌아온 날 저녁에 지내는 제사고, 재우제는 산에서 돌아온 다음 날 식전에 지내는 제사다.

요즘은 고인을 산에 묻는 일 자체가 적고 장례 절차도 간소화되어서 이런 복잡한 제사 문화는 거의 사라졌다. 하지만 그럼에도 삼우제만큼은 초우제, 재우제보다 널리 알려져 있는 것 같다. 비록 삼오제라는 틀린 이름으로 자주 불리곤 하지만.

누가 주도했는지 기억나지는 않지만 우리도 자연스럽게 삼우제를 지냈다. 장례식이 끝나고 다다음 날 지내는 제사라 아직 엄마 장례를 치르고 난 피로가 가시지 않았을 때였다. 이모들이 전이며 나물, 탕국, 과일 등을 모두 준비해주셔서 우리는 쫄래쫄래 몸만 갔다. 이틀 만에 보는 엄마 나무가 반가워서 꼭 안아주었다. 나무도 팔이 있어 나를 따뜻하게 안아주면 참 좋으련만.

엄마는 한창 날이 뜨겁던 8월 초에 돌아가셨다. 엄마를 나무에 묻는 날에는 수목장 관리소에서 넓은 천막을 쳐주어 그래도 참을 만했는데 삼우제 날은 내리쬐는 볕을 온몸으로 받아내야 했다.

"시커먼 옷 입고 왔더니 더워 죽겠네. 엄마, 날 좋을 때 갔어야지! 이모들은 꼭 오래오래 살다 봄 아니면 가을에 가. 더울 때 가면 나 불참 예약!"

우리가 더위에 너무 힘들어하면 엄마가 미안해서 어쩔 줄 몰라 할까 봐 시종일관 장난치면서 웃는 얼굴로 제사를 마쳤다. 엄마가 있는 곳은 근처에 칼국수 맛집이 많아서 다 같이 칼국수를 먹고 바다를 바라보며 커피도 마셨다. 엄마를 보러 오는 게 늘 이렇게 설레는 소풍날 같았으면.

49재는 고인이 임종한 날로부터 49일째에 치르는 불교식 제사의례다. 불교에서는 사람이 죽은 뒤 다음 생을 받기까지 중음(이승도 저승도 아닌 중간에 낀 상태)에서 머무는 49일 동안 7일마다 총 7번의 제사를 지낸다. 그중 일곱 번째 제사인 49재는 모든 의식을 마무리 짓는다는 의미로 가장 중요하게 여기고 이 막제를 정성 들여 지내는 것이다.

우리는 원래 49재에 간단히 상을 차려 엄마 나무 앞에서 절을 하고 우리끼리 밥이나 한 끼 먹으려 했다. 엄마가 종종 절에 다니긴 했지만 독실한 불교 신자도 아니었고, 요즘은 삼우제니 49재니 각종 제사를 공들여 지내는 추세도 아니기 때문이다.

그러던 어느 날 엄마의 가장 친한 친구에게 전화를 받았다. 엄마 49재를 스님께 맡겨 정성 들여 지냈으면 좋겠다는 것이다. 사연인즉슨, 2020년에 어부셨던 작은아빠가 배에서 추락해 돌아가셨다. 그때 엄마 친구에게 소개를 받은 절에서 엄마가 49재를 지내드렸다. 엄마 친구가 아는 분이 그 절에서 스님을 도와주는 보살님이었던 것이다. 나는 그때 만삭이어서 참석하지는 못했다. 그런데 엄마가 돌아가셨다는 이야기를 전해 들은 그 절의 보살님이 엄마 친구에게 전화를 해 이렇게 말했다고 한다.

"선희 엄마가 세상을 떠났다면서. 그걸 듣고도 이 얘기를 안 할 수가 없어서 말이야. 그때 선희 작은아빠 49재를 지내고 나서 선희 엄마가 나한테 이랬거든. '이렇게 정성 들여서 49재 지내 보내드리니 제 마음이 너무 편하네요. 나중에 내가 죽었을 때도 우리 애들이 이렇게 해주면 좋겠어요'라고."

엄마 수목장을 모신 절과 이 보살님이 계신 절은 완전히 다른 절이라 본인 이익을 위해 한 이야기는 아닌 듯했다. 일단 들은 이상 49재를 제대로 하지 않을 수 없었다. 200만 원이 넘는 거금이었지만 우리는 망설이지 않았다. 누군가는 돈 낭비라고 할 수도 있겠지만 엄마를 위해서라면 어떤 낭비도 못할 게 없었다.

49재 날에는 아침부터 비가 퍼부었다. 한 달 내내 그렇게 찌는 듯 덥더니 근래 없던 폭우였다. 앞이 잘 보이지 않아 절에 가는 길이 영 속도가 나지 않을 정도였다. 쉴 새 없이 비를 닦아내는 와이퍼가 바삐 움직였다. 아이들은 아늑한 차 안에서 빗소리를 들으며 어느새 잠이 들었다. 나는 쏟아지는 비를 바라보며 나도 모르게 혼잣말로 소곤댔다.

"에구, 엄마가 왜 이렇게 우나. 우리 때문에 슬퍼서 우나, 이승을 떠나려니 아쉬워서 우나. 울지 마, 엄마."

엄마의 눈물을 닦아주고 꼭 안아주고 싶었다. 정성 들여 차린 제사상 앞에서 스님과 보살님들이 두 시간 넘게 염불을 외며 엄마를 극락왕생에 이르게 하려 애를 쓰셨다. 우리는 엄마만 불교였고 언니와 형부는 기독교, 그 외 나머지 가족은 무교인 다종교 가족으로 그런 종교의식에 설득되기는 쉽지 않았다. 다만 우리는 엄마가 고통 많던 이 세상을 떠나 편안한 어딘가로, 아름다운 무엇이 되어 그저 행복하고 평안하기만을 바라며 절을 했다.

문이 활짝 열린 법당 밖으로 후드득 비가 퍼붓는 소리, 잔잔히 읊조리는 불경 소리, 일정한 간격으로 두드리는 목탁 소리가 나를 편안하게 해주었다. 하지만 아이들은 그 모든 것이 공포스러웠는지 자주 울었다.

아이들은 울다 지쳐 법당 방석을 덮고 잠이 들었고 우리는 엄마의 모든 과업을 씻는 관욕이라는 의식을 함께 치른 뒤 병풍 뒤쪽으로 가 엄마가 입고 떠날 옷을 보고 절을 했다. 그 병풍 뒤쪽에는 제사를 지냈거나 이제 지내야 할 여러 사람의 영정사진이 걸려 있었다. 백발의 노인부터 나보다 훨씬 어려 보이는 젊은 여자까지. 살고 죽는 게 이렇게나 두서없다. 엄마만이 아니라 모두의 평안을 빌며 절을 올렸다.

절에서 엄마가 입고 떠날 옷을 준비해주지만 우리는 옷 하나를 더 태웠다. 최근에 나와 언니가 마련해주었던 새 옷. 지난 6월 내 둘째 아이와 언니의 아이가 나란히 돌을 맞이했는데, 항암 부작용과 나빠진 신장 때문에 퉁퉁 부어버린 엄마가 입을 옷이 없을 것 같아 새로 사준 옷이었다. 돌잔치를 코앞에 두고 엄마가 자주 쓰러지는 바람에 병원에 입원했고 그대로 퇴원하지 못한 채 돌아가셨기 때문에 주인 없는 옷이 되어버렸다.

'엄마, 예쁜 옷 입고 가. 그래야 다른 사람이 무시 안 해. 저 아줌마 멋쟁이라고 다 놀고 싶어 할걸.'

죽은 사람을 앞에 두고 이승을 떠나는 날까지 참 세속적인 생각을 한다 싶었지만 엄마가 어느 세상에 있든 초라하지 않길 바랐다. 누구보다 빛나는 존재였으면 했다.

그러니까 이런 생각들. 엄마가 예쁜 옷 입고 저세상으로 가야 한다거나 엄마가 이승에서의 과업을 다 털어야 다음 생에서도 인간으로 태어난다거나 하는 생각들. 이런 건 다 종교적이거나 관념적인 것들이다. 죽음 이후의 삶에 대해 우리는 아무도 모른다. 살아 있는 사람들 편하자고 하는 일들이다. 내가 그렇게 하고 싶은 것이다.

삼우제와 49재도 마찬가지다. 이 제사들은 특히나 유교적, 불교적인 개념이니 신자가 아닌 사람은 꼭 해야 할 필요가 없다. 우리는 엄마가 불교 신자인 데다 작은아빠를 모신 절의 보살님 말씀이 엄마의 유언 같아 무시할 수 없었던 것뿐이다. 그게 살아 있는 우리의 마음을 편히 만들어주는 길이니까.

나는 마흔이 다 되어가는 나이고 한평생 엄마와 제사 음식을 만들었지만, 제사상 올리는 법이라든가 제사 절차 같은 것은 전혀 모른다. 조선시대에 이 나이 먹고 그런 것을 모른다면 흉이겠지만 이제는 그렇지도 않다. 앞으로 지낼 엄마 제사는 구색만 대강 갖추고 엄마가 좋아하는 음식을 올려 절을 한 뒤 술도 마시고 엄마에 대한 추억을 나누며 밤새 놀 것이다. 음력은 복잡하고 외우기 어려우니 엄마가 사망한 양력 날짜로 제사를 지낼 예정이다. 아빠는 "뭐, 그런 개떡 같은 제사가 있냐"고 호통을 치겠지만 이제는 형식보다 마음이 중요한 시대가 왔으니. 진심보다 중요한 건 아무것도 없다.

여러 커뮤니티를 보니 기독교지만 49재를 그냥 넘어가기가 불편해 음식을 올리고 추모 예배를 드린 뒤 가족끼리 맛있게 먹었다는 이야기, 불교지만 상술인 것 같아 49재를 지내지 않았다는 이야기, 49재 대신 50일, 100일 감사 예배 드렸다는 이야기, 엄마가 피자와 회를 좋아해 상에 올리고 엄마 사진 앞에 마주 앉아 식사했다는 이야기 등 수없이 많은 제사 방법이 있었다.

형식이 중요하지 않은 것은 아니다. 어떤 행위든 잘 다듬어진 형식이 있으면 그걸 지키면서 진정성이 곁들기도 하니까. 하지만 고인을 추모하는 방식에서 형식이 진심을 이길 수는 없다. 형식을 챙기느라 가족이 스트레스를 받고 경제적으로 부담을 느낀다면 그게 옳은 일은 아닐 것이다.

엄마의 49재 이전에는 숨이 막힐 정도로 덥더니 49재 때 비가 억수로 쏟아진 뒤로는 갑자기 시원한 가을이 시작됐다. 한평생 우리 힘든 건 다 대신하고 좋은 것만 가져다주던 엄마가 떠나면서까지 지긋지긋했던 여름을 가져가고 선선한 가을을 내주고 갔다. 엄마답게.

이제 엄마는 이승에서의 모든 여정을 마치고 우리가 알 수 없는 먼 곳으로 떠났다. 엄마의 마지막은 몇 걸음조차 걷기 힘들어 늘 땀을 쏟아내던 모습이었지만 이제는 육체의 고통에서 자유로워져 어딘가를 훨훨 날고 있을 것이다.

저혈압도, 괴사된 다리도, 망가진 신장도, 온몸에 퍼진 종양도 없는 곳, 엄마를 붙잡는 게 아무것도 없는 곳에서 날아갈 것처럼 가벼운 몸으로 내가 죽을 때까지 상상도 할 수 없는 무언가가 되어 있을 것이다.

우리 멋대로 차린 제사상일 테지만 매년 제사는 지낼 거니까 그래도 한 번씩은 들여다보았으면. 엄마가 그렇게나 좋아했지만 몇 년 동안이나 먹을 수 없었던 신선한 회와 막걸리를 잔뜩 올려줄 작정이니, 기대해도 좋아, 엄마.

3장 ——————————————— 살아가기

꿈을 뒤져
엄마를 찾는 날들

★

처음 꿈을 조종할 수 있다는 사실을 알게 된 건 초등학생 때였다. 여느 때처럼 밤잠에 들었다가 눈을 떴는데 익숙한 내 방이 아닌 생경한 꿈속에 들어와 있었다. 꿈이라는 것을 명확히 인식할 수 있었고 내 의지로 생각과 행동도 할 수 있었다. 악몽을 꿨을 때도 꿈이라는 사실을 일단 인식하기만 하면 깨어나거나 도망가는 게 가능했다. 그럼에도 성인이 될 때까지 귀신과 도둑이 무서워 혼자서는 잠을 자지 못했지만 말이다.

어찌 됐건 매일은 아니지만 나는 종종 내 꿈을 컨트롤할 수 있었다. 그래서인지 잠으로 도망가는 날이 많았다. 갓난아기도 아닌데 낮잠을 자주 잤다. 눈을 꾹 감고 오늘은 아이돌이 되어 화려한 옷을 입고 무대에 올라야지, 좋아하는 남자 연예인과 연애를 해야지, SKY대학에 가서 재수 없는 인간들의 콧대를 밟아줘야지(물론 못 갔다) 하고 열심히 되뇌면서 잠이 들면 그런 꿈을 꾸었다.

내가 할 수 있으니 세상 사람 모두가 할 수 있는 일인 줄 알고 대수롭지 않게 여겼다. 성인이 되어 그런 걸 '루시드 드림'(자각몽)이라 부르며 모두가 가진 능력이 아니란 걸 알게 되었을 때쯤 그 능력은 자연스럽게 사라져버렸다.

나는 요즘 사라진 그 능력이 아쉽고 아깝다. 종종 꿈속에서 엄마를 보고서도 엄마인 줄 모르고 스쳐 지나고는 깨어나 아쉬워하는 일이 생겼기 때문이다. 게다가 최근에는 그렇게 스쳐 지나는 일마저 거의 없다.

죽은 사람은 꿈에 보이지 않아야 좋은 곳으로 잘 떠났다고들 하는데, 과연 그럴까? 꿈에서라도 보고 싶은 이가 나오지 않아 서운한 사람이 자신의 마음을 달래기 위해 애써 지어낸 말 아닐까? '비 오는 날에 결혼하면 잘 산다.' '날이 궂을 때 이사하면 복이 들어온다.' 일이 원하는 대로 되지 않았을 때 아쉬운 마음을 달래주는 그 달콤한 말들처럼.

엄마가 죽고 처음 꿈에 나온 건 장례식을 마친 바로 다음 날이었다. 3일 동안 강행군으로 치러낸 장례에 지쳐 쓰러지듯

잠들었던 그날. 꿈속의 나는 여전히 상복을 입고 장례식장에 있었다. 안에서는 조문객들이 시끌벅적하게 떠들고 나는 세월에 지쳐버린 노인처럼 축 처진 채 장례식장 복도 벤치에 눕듯이 기대어 있었다. 문득 기척에 돌아보니 언제부터인지 모르게 엄마가 옆에 있었다. 엄마가 편하게 입던 분홍색 반팔 티셔츠, 언제라도 주방일을 할 수 있게 항상 걸치고 있던 꽃무늬 앞치마, 비구니 같다 놀려댔던 품이 큰 검은색 바지, 내려오는 머리가 거추장스럽다며 야무지게 차고 있던 머리띠. 엄마는 정말이지 살아생전 모습 그대로 내 옆에 앉아 있었다. 온 얼굴에 웃음을 띠고 기특해 죽겠다는 얼굴로 나를 바라보면서.

꿈속에서 나는 굵은 눈물을 뚝뚝 흘렸다. 반갑고 슬퍼서. '꿈속의 나' 역시 '현실의 나'처럼 묻고 싶은 말들이 너무 많아서. 무슨 말부터 꺼내야 할지 몰라 하염없이 우는 수밖에 없었다. 엄마는 그런 나를 보고도 생글생글 웃기만 했다.

"엄마, 나 잘했어? 우리 잘 해냈어?"

"예쁜 내 새끼. 너무너무 잘했어. 엄마 마음에 쏙 들어."

좋은 일이 있는 듯 싱글벙글 웃는 엄마 품에 안겨 아이처럼 울다 깨어났다. 현실의 나도 온 얼굴이 눈물로 흠뻑 젖어 있었다. 엄마를 보니 기뻐서, 엄마가 자기 장례식이 마음에 든다고 하니 다행이어서, 졸였던 마음이 놓여서 그리움과 안도의 눈물이 쉬지 않고 흘렀다. 그 와중에도 엄마의 칭찬을 받아 기뻤다. 한평생 엄마의 인정과 칭찬을 기대하며 살아왔다. 꿈 속의 나조차 그렇다는 사실이 좀 우스웠지만.

그 뒤로도 종종 엄마가 꿈에 나왔지만 그날처럼 선명한 기억은 그 이후로 딱 한 번뿐이었다. 엄마가 죽고 두 달쯤 지 났을 때 나는 갑자기 번아웃되는 기분을 느꼈다. 엄마의 병간 호, 두 아이의 육아, 쌓여 있는 집안일, 거의 혼자 해야 했던 사 후 처리, 정리해야 할 엄마의 일들…. 엄마가 죽고 그 과도한 일들이 어느 정도 마무리되자 비로소 쉴 시간이 생겼는데 어 쩐지 쉴수록 지치는 느낌이었다.

공허했다. 무엇으로도 메워지지 않는 마음의 구멍이 아주 크게 뚫린 것만 같았다. 자려고 누우면 심장이 불안정하고 빠 르게 뛰어서 위스키나 와인을 허겁지겁 입에 쏟아부은 뒤 감 각이 좀 무뎌져야만 잠을 잘 수 있었다. 하루 종일 처지고 피 곤했다. 손가락 하나 까딱하기 싫었다. 자리에서 일어나는 것 이 엄청난 숙제처럼 느껴졌다. 아이들을 겨우 등원시키고 멍 하니 누워 있다 보면 집안일을 전혀 하지 못한 채 하원 시간이 되어 있어 초조한 날들이 자꾸 늘어났다. 할 수 없이 정신과에 서 약을 받아먹었다.

뇌파검사를 했더니 뇌파가 많이 망가져 있다고 했다. 번

아웃으로 몸은 한없이 늘어지는데 정신은 날카롭게 예민해서 몸과 마음이 모두 괴로운 상태라고 했다. 내가 '의학적으로' 그렇다는 사실을 의사가 확인해주니 간사하게도 마음껏 더 늘어지고 싶었다. 그래도 될 것 같았다. 그날도 어김없이 약을 먹고 늪 같은 낮잠에 빠졌다.

　꿈속의 나는 거실 소파에 기대 앉아 텅 빈 눈으로 허공을 보며 무기력하게 술을 먹고 있었다. 비밀번호 누르는 소리가 나더니 이윽고 엄마가 들어왔다. 초등학교 다닐 때쯤의 엄마 모습이었다. 잘 꾸밀 줄 모르는 엄마는 그래도 학부모 참여 수업이라든지, 운동회라든지 학교에 와야 할 일이 생기면 하얗게 분을 발랐다. 그리고 빨갛게 입술을 칠했다. 새빨간 유광 패딩점퍼를 입고 앞머리에는 뽕을 잔뜩 넣었다. 지금 생각하면 그 어설픈 치장에 웃음이 나지만 그땐 엄마가 멋있어 보였다. 엄마는 한 손으로 핸드폰을 들고 누군가와 바쁘게 통화하며 급하게 집으로 들어왔다. "엄마아" 하고 울면서 어리광을 부리려 하자 엄마는 눈을 흘겼다. 상대방이 들으면 안 된다는 듯 전화기를 손으로 막고 말했다.

　"너 조용히 안 해?"

　엄마한테 혼나던 어린 시절로 돌아간 것처럼 엄마의 한마디에 순식간에 눈물과 어리광을 멈췄다. 엄마는 방금까지 나에게 정색을 해놓고선 "아유, 예예, 아무래도 그렇죠. 네, 그렇게 할게요" 하고 웃으면서 통화했다. 나는 엄마 옆에 돌처럼 굳어 그대로 멈춰 서 있었다. 엄마는 통화를 마치더니 웃음기 하나 없는 얼굴로 나를 바라봤다.

"너 똑바로 못 해?"

"아, 뭐를…."

똑바로 하지 않은 수많은 일이 떠올라 기어 들어가는 목소리로 답했다.

"엄마가 지금 이쪽 세상(?)에서 얼마나 바쁜 줄 알아? 처리할 일이 산더미야. 엄마가 너까지 신경 써야겠어? 뚝 해! 우는소리 하지 마. 눈물 안 멈춰?"

내가 초등학생이었을 때 엄마의 모습을 하고 나타나더니 초등학교 시절 내내 들었던 그 소리를 했다. 눈물 그치라는 말, 우는소리 좀 하지 말라는 말.

"엄마 바쁘니까 신경 쓰이게 하지 마, 알겠어?"

"아, 알겠어…."

엄마는 다정히 바라봐주지도, 한번 안아주지도 않고 사람처럼 문으로 들어와놓고는 죽은 사람답게 갑자기 창문으로 나가려 했다.

어느새 내 옆에는 딸 은유가 서 있었는데, 엄마는 이제야 그걸 깨달은 사람처럼 화들짝 뒤를 돌아보더니 햇살같이 밝은 얼굴로 (나 말고) 은유에게만 활짝 웃으며 말했다.

"사랑해, 우리 강아지."

그러곤 안개처럼 사라졌다.

그날로 바로 정신을 차리지는 못했지만, 확실히 그 꿈은 나를 자리에서 털고 일어나게 했다. 내가 누워 있는다고 해서 엄마가 기뻐할 것도 아니고 내가 행복해지는 것도 아닌데 왜 이러고 있나 하는 자괴감이 들었기 때문이다. 엄마는 할 일을 다 했다는 듯 요즘은 꿈에 거의 나오지 않는다. 나와도 비중 없는 엑스트라처럼 등장한다. 그 사실을 알아차린 건 상당히 웃긴 꿈을 꾸다가 깨어난 어느 날 새벽이었다. 평소처럼 다시 자려고 눈을 감았다가 그냥 잊기는 아까운 그 웃긴 꿈을 차근차근 되새겨봤더니 어느 장면에서 엄마가 행인처럼 지나간 게 기억났다.

그 뒤로 나는 실수로 지갑을 쓰레기통에 버린 탓에 쓰레기들을 샅샅이 뒤져야만 하는 사람처럼 잠에서 깨어나면 강박적으로 꿈을 뒤졌다. 엄마가 나오지 않는 날이 압도적으로 많았지만 어쩔 수 없었다. 깊은 고민이 생길 때마다 꿈에 엄마가 나와 어떤 계시나 정답을 주기를 바라며 잠이 들었지만 그런 일은 단 한 번도 없었다.

'이렇게 중요한 결정인데 좀 도와주지. 나보고 알아서 하라는 거야?'

서운함에 괜히 하늘을 흘겨보기도 했지만 이 또한 엄마의 뜻이겠지, 나를 단단하게 만들고야 말겠다는 엄마의 계획이겠지 싶었다.

별것 아닌 일로 축 처져 있거나 상심하고 있을 때는 엄마의 두 모습이 떠오른다. '내 새끼 이뻐 죽겠다'는 얼굴로 나를 보며 "다 잘했어. 엄마 마음에 쏙 들어" 하던 엄마와 "너 똑바로 못 해? 눈물 안 그쳐?" 하고 정색하던 엄마.

둘 다 실감 나는 엄마의 모습이다. 엄마는 앞으로도 내게 어떤 고민의 해결책이나 로또 번호를 알려줄 것 같지 않다. 그 두 모습으로 엄마는 내게 해줄 말을 다 했다고 여기는 것 같다. 가만히 앉아 곰곰 생각해보니 정말 그런 것 같기도 하다. '엄마 마음에 쏙 들게' 잘 살아내야지. '눈물 뚝 그치고' 정신 차리고 똑바로 살아야지. 엄마가 꿈속에서 말해준 대로.

이제 더이상 꿈을 조종할 수 있는 어린아이는 사라졌지만, 소중한 어린아이를 둘이나 태우고 인생이라는 큰 배를 조종하는 어른이 되어버렸으니.

엄마 앞치마를 입어봐도
엄마 손맛은 안 난다

오늘도 실패다. 몇 번을 해봐도 비빔국수만큼은 도저히 엄마 맛이 나지 않는다. 나는 자칭·타칭 '못하는 게 없는 사람'이다. 뭐든 일단 하기만 하면 중간 이상은 한다. 문제는 남들보다 월등히 잘하는 한 가지가 없다는 것. 그래서 내 어중간한 재능들은 밥벌이에 도움이 되지 않는다는 것.

서른 넘어 결혼해서 처음 시작한 요리도 언제나 중간 이상은 해내는 인간답게 곧잘 한다는 평을 들었다. 묵은지등갈비찜, 육개장같이 꽤 난이도 있는 음식도 먹을 만하게 한다. 그런데 도저히 비빔국수만큼은 엄마 근처도 못 가는 이유가 뭘까?

엄마는 비빔국수의 달인이었다. 아빠가 국수를 좋아해서 밤낮없이 자주 해주다 보니 그리 되었나 보다. 아빠는 방에 누워 TV에 나온 국수 맛집을 보다가 갑자기 차에 시동을 걸고 그 집을 찾아 서울에서 강원도까지 갈 만큼 국수 마니아다. 그런 아빠조차 "비빔국수는 전국에서 네 엄마보다 잘하는 사람이 없다"고 할 정도니, 나는 엄마가 건강할 때 왜 비빔국수 전문점을 차리라고 하지 않았는지 후회가 된다. 그러면 매일 적자 나는 아빠 사업보다 훨씬 성공해서 대박을 터뜨렸을 텐데.

이미 늦었다. 엄마는 없고, 엄마 흉내를 내지 못해 '2대째 비빔국수 맛집' 간판을 내걸 수 없는 무쓸모한 삼 남매만 남았을 뿐이다.

"엄마, 밥 말고 뭐 먹을 거 없나?"

"그럼, 비빔국수 해줄까? 일단 커피 한 잔 먹꼬~"

늘 앞치마를 입고 생활하는 엄마는 앞치마를 둘러메는 준비 동작도 필요 없이 믹스커피 한 잔만 마시면 바로 요리 시작이다. "일단 커피 한 잔 먹꼬~"는 무조건 K아줌마 운율로 노래하듯 말해야 한다. 엄마 옆에서 오이 썰라면 썰고, 간 좀 보라면 보고, 보조 역할을 하며 함께 요리하는 시간이 재밌었다. 결혼하고 나서는 엄마 옆에 바짝 붙어 서서 배우려고 애를 썼다. 어깨너머 배운다더니 비빔국수 빼고는 제법 엄마 맛을 흉

내 낸다. 평생 내 요리 기준은 엄마가 되겠지. 엄마 맛이 나면 성공, 엄마 맛이 안 나면 실패라 느끼며.

삼우제가 끝나고 일주일쯤 지나 삼 남매는 용기를 쥐어짜 엄마 집에 모였다. 대강이라도 유품을 정리하기 위해서다. 동생은 마지막까지 엄마와 같이 살았으니 그 집으로 들어가는 것이 괴로워 친구 집이나 누나들 집을 전전했다. 나와 언니는 엄마의 마지막 몇 개월 동안 병원에만 있었기 때문에 엄마 집에 가는 것이 정말 오랜만이었다.

비밀번호를 누르고 집에 들어선 순간 적막이 파도처럼 밀려왔다. 엄마 없는 집은 남의 민박집처럼 어색하고 썰렁했다. 왠지 서러워 눈물이 날 것 같아 빈집에 대고 아무 말이나 쏟아냈다.

"저, 계세요?"

우리 셋은 갑자기 튀어나온 내 실없는 말에 큭큭대고 웃다가 의미 없는 말장난을 2절, 3절까지 멈추지 못한다.

"집 좀 보러 왔습니다."

"됐어요. 집 안 보여줘요. 여기 귀신 살아요."

웃으며 들어선 엄마 방은 엄마만 없을 뿐 모든 것이 변함없어서 오히려 엄마의 부재가 도드라졌다. 엄마의 촌스러운 돌침대, 종양이 온몸에 튀어나와 누워서 잘 수 없어 급하게 사준 1인용 리클라이너 소파, 겨울에도 쉴 새 없이 땀이 흘러 자꾸만 켜대던 선풍기, TV 소리 없인 잠들지 못해서 24시간 켜놓았던 TV, 그리고 엄마의 앞치마.

엄마는 언제나 앞치마를 두르고 있었다. "그거 몸에 붙은 거냐"며 놀렸지만 엄마가 되고 나니 알았다. 하루 종일 청소, 빨래, 요리를 하다 보면 언제나 옷이 물에 젖는다는 걸, 입었다 벗었다 하는 것보다 그냥 입고 생활하는 것이 덜 귀찮다는 걸. 언제나 그 처지가 되어봐야 알 수 있다. 겪어봐야 이해할 수 있다.

엄마는 조금이지만 금도 가지고 있었고 우리가 사준 괜찮은 가방과 지갑도 있었다. 보험회사에서 나올 사망보험금까지. 하지만 우리가 정작 가지고 싶어서 놓고 싸운 건 앞치마였다. 엄마의 트레이드마크이자 한 몸 같았던 앞치마는 두 개밖에 없었다. 조악한 꽃무늬와 촌스러운 컬러의 앞치마를 입고 요리할 생각도 없으면서 "누나들은 앞치마를 입어야 하는 주부 아니냐"며 동생에게 양보를 강요해 한 개씩 얻어냈다.

서랍을 정리하려고 열어보니 엄마는 여태 우리가 용돈을 담아주었던 봉투를 전부 가지고 있었다. 심지어 언니와 내 결혼식 때 하객들이 주었던 축의금 봉투까지(아쉽지만 돈은 다 쓰고 없었다).

"이 아줌마 아기 다람쥐 아니냐? 뭘 이런 걸 다 모아놔."

웃다 울다 하며 1차 유품 정리를 마쳤다. 가방과 지갑, 엄마의 새 옷과 운동화들은 이모들에게 나눠주기로 했다. 나머지는 전부 버렸다.

예전에는 고인이 쓰던 물건을 태워서 고인과 함께 떠나게 한다는 믿음이 있었지만, 요즘은 그런 믿음 자체가 희미해진 데다 아무 데서나 물건을 태웠다가는 폐기물관리법에 따라 과태료를 물 수도 있다. 우리는 최근 사드린 새 옷 한 벌만 49재를 지낼 절에서 태우기로 하고 나머지는 헌옷 수거함이나 종량제 봉투에 넣어 처리했다. 엄마의 앞치마를 돌돌 말아 안아들고 시뻘게진 눈과 코를 하고는 엄마 집을 나섰다. 엄마의 공간에 잠시 있다 나오는 것만으로도 마음이 마구 헤집어졌다. 동생을 서둘러 이사시켜야겠다는 생각이 확실해졌다.

브라이언 셔프, 론 마라스코가 쓴 《슬픔의 위안》에서는 퇴근해서 돌아와 보니 집에서 죽은 부인을 발견한 한 남자의 이야기가 나온다. 사람들은 대부분 남자가 집을 팔고 이사하리라 생각했다. 본인 역시 그렇게 생각했다. 그런데 막상 지내보니 그 집에서 지내는 것도 괜찮겠다 싶었다. 몇 주 뒤 남자는 직장으로 복귀했고, 얼마 동안은 모든 게 순조로웠다. 그러던 어느 날, 차를 몰고 귀가하던 남자는 낯선 상황에 맞닥뜨린다.

남자의 집은 번화가 모퉁이에 있었는데, 교차로에서 정지신호를 받고 멈춰 선 남자는 좌회전을 해서 자기 집 차로로 들어가려 기다리고 있었다. 불현듯 회사를 다니던 내내 교차로에서 정지신호를 받을 때마다 부엌 창문 너머로 저녁을 준비하는 아내를 바라보던 게 생생하게 떠올랐다. 그날 신호가 바뀌기를 기다리면서 남자는 그 집을 팔게 되리라는 것을 깨달았다. 집으로 돌아와 죽어 있는 아내를 발견하는 것은 감당할 수 있을지 몰라도, 아내가 없는 창문을 바라보는 일은 도저히 견딜 자신이 없었던 것이다.

상실감은 삶 속에 고요히 잠복하다가 어느 날 불현듯 나를 찌른다. 그 공격은 너무 갑작스러워 피할 수 없는데다 잘 길들인 칼날처럼 날카롭다. 동생은 엄마와 마지막까지 함께 살았으니 고개만 돌리면 어디에나 엄마가 있을 것이다. 먹는 엄마, 자는 엄마, 요리하는 엄마…. 엄마가 몇 번이나 쓰러져 다급하게 응급실로 향해야 했던 그 기억들이 어느 날 갑자기 동생을 찌를까 두려웠다.

동생은 나와 7살, 언니와 8살 차이가 난다. 그래서인지 서른 넘은 징그러운 성인 남자인데도 철부지 애 같다. 언니와 나는 상황이 복잡하거나 돈과 관련된 결정을 할 때 우리도 모르게 동생을 두고 이렇게 말하곤 한다.

"애는 빼고 얘기하자. 애가 뭘 알아."

이번에 동생의 거취를 결정하는 문제에서도 동생 의견보다 우리 판단이 먼저였다. 지금도 알코올 의존이 있는 아이니 아무 데나 내버려두면 허구한 날 술이나 먹을 테지. 언니가 자기가 들여다본다며 자기 집 5분 거리에 멋대로 집을 구해버렸다. 말은 '멋대로'라고 했지만, 채광이나 역과의 거리, 주차, 관리비, 주인의 세금납부 현황까지 확인하고 나서 저지른 일이었다.

솔직히 삼 남매가 아무리 끈끈하고 친하다 해도 동생이 느낄 혼자만의 외로움이 있을 것이다. 나와 언니는 스스로 꾸린 새 가족이 있으니까. 언니와 내가 아이들 대소변을 가리고 밥을 챙겨 먹이느라 엄마가 비집고 들어올 틈도 없이 바쁠 때 동생에게는 시간의 여백이 너무 많아 자연스럽게 그 빈 공간을 엄마가 채우고 말 테니. 그래서 또 저녁이 되면 공허함에 술잔을 들게 되는 것을 모른 체 해왔다.

엄마 집에 있는 모든 가전과 가구는 다음 이사 올 사람에게 넘기거나 폐기물 업체를 불러 전부 버렸다. 그 집에서 가지고 나올 것은 옷가지와 건조기 한 대 그리고 동생 몸뚱이와 엄마와의 아름다운 추억뿐이다. 그 아이가 새 공간에서 새 마음으로 새로운 시작을 했으면 좋겠다.

사랑하는 사람이 죽은 집에서 꼭 이사를 가야 하느냐 하면 그건 모르겠다. 그 부분은 정말 개인의 선택인 것 같다. 떠난 사람의 흔적을 붙들고 살아가는 게 누구에게는 위로와 위안일 수 있고, 누구에게는 고집스런 미련일 수 있다. 어떤 커뮤니티에서 아빠가 돌아가시고 엄마를 이사시켜드리려 했으나 엄마가 그러면 죽을 것 같다고, 본인이 살아 있는 동안은 아빠와의 추억을 되새기며 살고 싶어 했다고 이야기한 글을 봤다. 그것이 그분이 상실을 견디는 방법이었던 것이다.

내 동생은 틈만 나면 술에 취해 엄마 방에 들어가 엄마 의자에 앉아 우는 것 같았다. 그 꼴을 보고 있을 수 없어 이사를 시킨 것이다. 동생은 그곳에서 벗어나야만 했다. 그래야 엄마 잃은 아들이 아니라 그저 자기 자신으로 다시 살아갈 수 있다.

아이들 하원 시간이 임박해 엄마 앞치마를 가방에 넣고 달려왔다. 아이들을 평소보다 조금 늦게 하원시켜 집으로 왔다. 아직 엉덩이 한 번 의자에 못 붙였는데 먹성 좋은 아이들은 배가 고프다고 성화다.

"엄마, 배고파요."

"배고파? 엄마가 은유 좋아하는 된장국 끓이고 생선 구워줄게. 잠깐만, 엄마 커피 한 잔만 먹꼬~"

이럴 수가. K아줌마 콧노래가 나와버렸다. 어느덧 완벽한 아줌마가 되었다. 엄마와 똑 닮은 말투에 웃음이 났다. 인스턴트 커피가 아닌 더치커피에 우유를 섞어 마시는 것만이 내가 마지막까지 붙잡고 있는 젊음의 증거랄까, 자존심이랄까(글쎄, 이런 걸 혼자 의식한다는 것 자체가 완전히 아줌마 같은데).

앞치마를 둘러매고 싱크대 앞에 섰다. 어쩌면 내 뒷모습이 훗날 아이들에게 오랜 그리움이 되리라 생각하니 주책맞게 벌써 마음이 아리다. 최소한 은유가 임신할 때까지는 건강히 살고 싶다. 은유를 임신했을 때 엄마의 비빔국수가 못 견디게 먹고 싶어서 자주 오이를 사 들고 엄마 집에 갔다. 다른 식당 비빔국수로는 충족이 되지 않았다. 나중에 딸 은유가 먹고 싶은 엄마 음식을 해줄 엄마가 없어서 기억을 되새기며 혼자 해보려고 애쓰지 않게, 싱크대에서 서러운 눈물 흘리며 칼질하지 않게, 내가 해주어야지. 울 엄마처럼.

엄마의 형제들과 나는
어떤 사이가 되는 걸까?

★

삼 남매는 친가와의 관계는 엉망이지만 외가와는 모든 시절 한결같이 가깝게 지냈다. 세 분의 외삼촌과 세 분의 이모가 계신데, 하나같이 다정하고 좋은 분들이다. 엄마는 때가 되면 이모들과 옷을 맞춰 입고 여행을 떠났다. 간혹 막내 외삼촌이 껴서 운전기사와 재간둥이 역할을 했다. 엄마와 이모들은 외삼촌이 말장난을 하고 들썩들썩 춤을 추면 방바닥을 구르며 웃었다. 눈물이 날 때까지 웃고 나면 어릴 때부터 먹던 추억의 음식인 감자버무리를 한솥 해 먹으며 네가 더 많이 먹었니 내가 더 많이 먹었니, 엄마가 해준 그 맛이 맞니 아니니 하며 실랑이를 했다. 그러면 막내 외삼촌이 "에잇! 박씨 아줌마들 시끄러워. 춤이나 추자" 하며 덩실덩실 춤을 추었고 똑같이 생긴 네 자매는 소리를 지르며 웃곤 했다. 어렸을 때부터 익숙하게 봐온 풍경이다.

섬망이 심해 간병인을 무서워하던 엄마를 위해 마지막 병간호를 이모들이 번갈아가며 했다. 큰이모는 어지럼증이 심해 무리하면 안 되는 상황이었는데도 병원에서 먹고 자며 2주 동안이나 아기가 된 엄마를 돌봤다. 당시에는 몰랐지만 그즈음이 엄마가 죽기 직전이어서 여러 임종 증상이 나타났다. 먹은 것도 없이 엄청나게 많은 대변을 봤고, 감정 기복이 심해 짜증을 많이 냈다. 특히 밤에 섬망이 심해져 자꾸 탈출하려 해서 이모들은 간병하는 내내 못 주무셨다. 그저 동생이라서, 언니라서 이모들은 그 상황을 웃으며 견뎌주었다. 우리가 고맙다고 말하면 싫어하셨다. 당신들 언니고 동생인데 너희들이 왜 고맙냐고.

큰외삼촌과 둘째 외삼촌은 과묵하지만 다정하다. 둘은 성미가 급하고 기다림을 못 견디는 것이 똑 닮았다. 하루는 둘째 외삼촌이 다짜고짜 전화해서 너희 집 밑인데 문 좀 열어달라고 하더니 들어와서는 엄마한테 "얼굴이 이게 뭐냐. 암 그거 마음만 굳게 먹으면 이겨낼 수 있는 거다. 너 이러니까 보기 힘들다. 에잇! 오빠 간다. 나오지 마" 하며 대답할 기회도 주지 않고 혼잣말을 쏟아내고는 나가버리셨다. 신발을 신으면서 눈물 한 방울 떨어뜨린 건 나만 봤다. 억지로 쥐어주고 간 봉투를 슬며시 열어본 엄마는 그제야 울었다(아무래도 엄마 기대보다 액수가 컸지 않나 싶다).

모두 소중한 분들이다. 내 유년시절을 군데군데 맛깔난 양념처럼 채워 버무려주셨다. 태어날 때부터 친척이었으니 영원히 친척일 거라 생각했다. 그러나 중간고리인 엄마가 사라지자 어쩔 수 없이 묘하게 멀어진 느낌이 든다. 자식들은 부모들이 모이면 당연하게 끼어가는 부속품 같은 것이다. 그런데 엄마라는 본체가 없으니 끼어갈 일 자체가 영 생기지 않는다. 각자의 삶이 있으니 모두 바쁘긴 하다. 그럼에도 엄마와 형제들은 시간을 맞춰 만나려 했지만 우리가 엄마 형제들과 부러 만나는 건 좀 어색하다고 해야 할까? 설명할 수 없는 애매한 마음의 거리감이 생겼다.

'집안 경조사를 제외하고 죽을 때까지 만날 일이 몇 번이나 있을까?' 어느 날 문득 이런 생각을 하고는 흠칫 놀랐다. 그 생각이 불경하게 느껴지면서 지나치게 현실적이었기 때문이다. 부모 잃은 다른 사람들은 친척들과 어떻게 지내는 걸까?

장례식장에서 이모들은 엄마 없다고 연락 안 하면 안 된다고, 우리가 너무 보고 싶을 거라고 했다. 우리도 엄마 없으면 이모들이 엄마니 자주 만나자고 했다. 쌍방이 진심이었다. 그러나 이모들이 엄마 대타가 되어줄 수는 없다. 나 역시 이모들에게 자매가 되어줄 수 없듯이. 우리는 우리가 예전 같지 않을 것을 미리 예견해서, 그러지 말자고 의리의 다짐을 한 것도 같다.

나는 엄마에게 대체로 사랑을 받았지만 때로는 서운하고 섭섭했다. 나도 늘 엄마를 사랑했다고 생각하지만 종종 엄마의 마음을 할퀴었을 것이다. 나와 이모들은 그런 시간과 기억을 공유하고 있지 않다. 이모들도 마찬가지다. 이모들과 어렸을 적 외할머니가 해주신 감자버무리를 맛있게 먹은 기억도 없고, 한 공장에서 함께 일하며 좁은 방 한 칸에서 부대껴 살아본 적도 없다. 그러니 앞으로 이 정도의 관계나마 지켜내기 위해서라도 나는 잘 살아야만 한다. 혹여 아쉬운 소리를 하는 순간 어색함이 모두를 잡아먹을 것 같다.

엄마라면 내가 아주 큰 잘못을 저지르더라도 나를 껴안을 것이다. 나는 어쩔 수 없는 엄마의 새끼니까. 하지만 엄마의 형제들은 다르다. 이모들과 외삼촌들도 당신들의 사랑하는 자녀가 있고 손주가 있다. 환갑 넘어 또다른 자식 셋을 이고 갈 수는 없는 것이다. 내가 노후를 책임져야 할 노인이 갑자기 몇 명 더 생긴다면 당황스러운 것과 같으니 서운할 일은 아니다.

그러니 지금처럼 적정선을 유지하며 아름다운 거리를 지키면서 즐거운 시간을 함께 보내는 담백하고 청량한 관계로 남고 싶다.

지난 명절 셋째 이모가 우리 가족을 집으로 초대했다. 셋째 이모는 특히 엄마와 가까워서 2주에 한 번씩 집에 놀러 와 함께 시간을 보내곤 했다. 이모가 오면 온 식구가 출동해 즐거운 시간을 보냈다. 그래서인지 이모는 내 아이들에게도 각별한 애정이 있다. 조카 손주들도 보고 싶고, 엄마가 그립고, 내가 쓸쓸할까 봐 부른 것이다. 정성 들여 차린 집밥도, 오랜만에 보는 친척 동생들도 정말 좋았다. 그런데 하룻밤 자고 일어나자 서둘러 집에 가고 싶었다. 아무도 뭐라 하지 않았지만 스스로 군식구가 된 느낌이 들어서다. 내 마음을 아는지 모르는지 남편은 하루 더 놀다 가자 한다.

"은유가 언니들(내 친척 동생의 딸들)도 좋아하고 이모님도 더 있다 가라고 하셨잖아. 내가 저녁에 회 쏠게!"

해맑은 내 남편을 보며 이 남자는 참 구김살이 없구나 싶었다. 나는 늘 구김살 없는 사람이 신기했다. 나로 말하자면 사람들이 나를 싫어하기 전에 그럴 일말의 여지조차 만들지 않는 편. 빨리 이모 집에서 떠나고 싶었다. 어쩌면 내가 사람들과 관계 맺는 방식이 지나치게 조심스러운 건지도 모르겠다.

쓸쓸할 때 떠올리면 마음이 데워지는 장면들이 있다. 엄마의 임종 면회 때 잠그지 못하는 수도꼭지처럼 밤새 통곡하던 셋째 이모의 울음, 상조회사와 장지를 결정하느라 머리 아픈 우리 삼 남매 곁에서 참견하지 않고 묵묵히 옆에 서 있던 둘째 외삼촌, 밀려드는 조문객과 대화를 나누느라 비워진 빈소를 대신 지켜준 친척 오빠와 동생들, 도우미 이모들이 모두 퇴근한 새벽까지 손님이 끊이지 않아 쉴 새 없이 주방일을 하던 첫째 큰외숙모와 부산 새언니….

엄마가 없는 우리 사이가 다시 예전으로 돌아갈 수는 없겠지만 언젠가 그들이 같은 아픔을 겪을 때 제일 먼저 달려가 가장 힘든 일을 해줄 것이다. 내 사랑과 아쉬움과 쓸쓸함을 담아 할 수 있는 모든 걸 도와주리라 다짐한다. 언젠가 문득 깨달을 것이다. 중요한 날마다 곁에 있던 서로의 존재를. 세월이 흐르며 어떤 삶은 끝나고 어떤 감정은 희미해져도 우리가 함께했던 시간만은 진짜였다는 것을.

은유야, 외할머니를
잊지 않겠다고 약속해줄래?

엄마 장례식에서 생각보다 눈물을 많이 흘리지는 않았다. 무슨 알량한 자존심인지 사람들 앞에서 펑펑 울고 싶지 않았다. 내가 울면 '저 딸은 얼마나 슬플까?' 하며 공감해주었겠지만 그게 싫었다. 내 슬픔을 다른 사람과 공유하고 싶지 않았다. 가슴이 미어지는 이 심정을 눈물을 보임으로써 쉽게 공감받고 싶지 않았다. 몇 방울의 눈물로는 이 감정을 설명할 수 없다고 생각했다.

입관할 때와 발인할 때는 관객이 없어서일까, 무너져 울 수 있었다. 엄마 앞이니 그래도 될 것 같았다. 그리고 또 한 번.

장례식장에 첫째 은유가 내 앞에 갑자기 나타났을 때. 마주칠 거라고 기대하지 못한 그 익숙한 얼굴 앞에서 나는 아이처럼 엉엉 울고 말았다.

아이들은 장례식장에 데려오지 않으려 했지만 시어머님이 외할머니 사랑을 듬뿍 받고 자란 은유가 마지막 인사를 할 수 있도록 데리고 와주신 것이다. 알록달록한 옷들 속에서 어렵게 찾아냈을 검은 원피스를 입은 은유는 해맑게 손을 흔들며 들어왔다. 영정사진 속 엄마를 가리키며 "어? 할머니네!" 반갑게 말했다.

엄마가 죽고 나서 누구에게도 '슬퍼서 어떡하지?' '엄마가 보고 싶어서 어떡하지?' 이런 바보 같은 질문은 하지 않았다. 답이 있을 리 없고 누가 죽은 엄마를 살려내 해결해줄 수 있는 문제도 아니니까. 그런데 세상에서 제일 답을 모를 것 같은 네 살짜리 어린애를 붙들고 "은유야, 엄마 어떡하지? 엄마 이제 할머니를 어디에서 보지?" 하며 흐느꼈다. 처음 보는 엄마의 모습에 당황한 채 눈을 동그랗게 뜨고 서 있는 아이를 어머님께서 간신히 내 품에서 떼어냈다.

그 순간 오직 그 아이만이 나의 위로였다. 세상에서 나만큼 본인을 사랑해주는 존재를 잃고도 지금 본인이 무얼 잃었는지조차 모르는 그 순수한 눈동자가 내가 만든 감정의 벽을 간단하게 무너뜨렸다. 그때 '오랫동안 슬프겠지만 나약해질 순 없겠구나. 지금 나를 무너뜨린 이 아이가 내일의 나를 일으키겠구나' 하고 막연하게 미래를 짐작했다.

하루는 장례를 마치고 며칠 동안 망설였던 일을 해치울 결심을 했다. 자려고 누워 은유 손을 잡고 "은유야, 엄마 얘기 잘 들어봐. 있잖아, 외할머니는 나무가 되셨어" 하고 말해준 것이다. 엄마가 살아 있을 때 나는 은유에게 엄마를 단 한 번도 외할머니라 칭하지 않았다. 은유와 친한 친親 할머니와 은유의 바깥에 존재하는 외外 할머니로 구분하는 것 같아 그 단어가 불편했다. 종종 지역명을 붙여 잠실 할머니, 마포 할머니라고 부르기도 했지만 지금까지 두 분 다 그냥 할머니로 칭해왔다. 하지만 이제 더이상 마포에 살지 않는 할머니를 마포 할머니라 부를 수는 없는 노릇이다.

지금이라도 친할머니와 외할머니로 명칭을 구분 지어주지 않는다면 매일 새로운 경험을 하며 짧은 기억 따위 아쉬워하지 않고 금세 지워버리는 이 천진한 아기에게 할머니는 빠른 시일 내에 단 한 명이 되어버리고 말 것이다. 그래서 이제 외할머니는 멋진 나무가 되어 언제나 은유 마음속에 살아 있다고 알려주고 싶었다. 외할머니란 엄마의 엄마를 말하는 거라고, 은유에게 엄마 몰래 솜사탕을 사주고 왈왈 짖는 강아지인형을 선물한 그 할머니가 바로 외할머니라고.

지금은 이해하지 못하겠지만 '음, 외할머니가 어째서인지 나무가 됐구나' 하고 가볍게 느끼다가 시간이 흘러 외할머니의 얼굴과 기억을 잃어버리더라도 언제나 나를 사랑하고 지켜주는 외할머니 나무가 마음속에 있다는 것만은 부정할 수 없는 당연한 사실이 되기를 바랐다. 어떤 이야기들은 축적된 시간의 힘으로 보편적인 진리가 되기도 하니까. 오래오래 전해 내려오는 전설처럼, 아름다운 구전동화처럼. 그런데 은유는 웃으며 말했다

"하하. 엄마, 아니야. 우에할머니는 병원에 있어요."

은유는 '외' 발음이 잘 되지 않는지 '우에' 할머니라고 했다. 외할머니라는 단어를 처음 써보는 건데 내가 말하자마자 외할머니가 우리 엄마인 걸 아는 게 신기했다. 마지막 몇 달 동안은 병원에서만 만났으니 어린아이의 순수한 생각에 외할머니는 병원에 살고 있다고 생각하는 모양이었다. 나는 현명한 대답을 찾으려 머리를 굴리다가 곧 포기하고 "그래, 맞아. 외할머니는 많이 아파서 병원에 계셔. 나중에 만나게 될 거야"라고 말해주었다. 지혜도 없고 일관성도 없는 답을 하고야 말았다.

언젠가 은유가 외할머니를 잊으면 엄마는 얼마나 서운할

까. 죽은 사람이 서운함을 느낄 리 없을 텐데 자꾸 그런 생각이 든다. 어쩌면 내가 서운한 걸까?

내게는 엄마 추모 영상이 하나 있다. 엄마 생전에 찍어둔 사진과 동영상을 모아 편집한 것이다. 장례식을 마친 그날, 엄마가 보고 싶을 때마다 보려고 밤새 울면서 만들었다. BGM은 엄마가 가장 사랑했던 가수 임영웅의 〈무지개〉다.

사진과 동영상은 대부분 엄마가 암 판정을 받은 2018년 이후 찍은 것들이다. 그전에는 바보같이 엄마 동영상 찍을 생각을 하지 못했다. 일부만 엄마가 아프기 전 엄마나 아빠 생일 혹은 삼 남매 중 누군가의 입학이나 졸업식 날 형식적으로 찍어둔 것들이다. 그때는 우리가 함께 보낼 특별한 날이 수십, 수백 번 남아 있다고 생각했으니까. 예쁘고 귀한 것을 보면 눈에 담을 생각보다 카메라부터 들이대곤 했는데, 왜 엄마 사진은 찍지 않았을까? 공기처럼, 물처럼 당연해서 카메라에 담을 생각조차 못한 것이다. 그 누구도 매일 마시는 물과 공기를 수시로 진공포장해서 보관하지 않는 것처럼.

엄마가 투병을 시작하고는 엄마의 사진을 많이 찍으려 했다. 엄마를 찍어둘 시간이 생각보다 많지 않다는 걸 본능적으로 알고 있었던 거겠지. 그제야 뜬금없이 "엄마, 셀카 한 장 찍을까?" 소리를 달고 살았다. 엄마는 카메라 앞에서 웃지 않았다. 엄마는 카메라가 어색하고 사진빨이 너무 안 받는다며 찍기 싫어했다. 그런데 아이들이 태어나자 엄마는 자연스럽게 카메라 앞에서 웃었다. 손주들만 눈앞에 있으면 카메라가 없어도 웃었다. 그 장면을 자연스럽게 포착하기만 하면 되었다. 그래서 내가 편집한 추모영상 속 대부분의 사진과 동영상에는 아이들이 함께 나온다. 볼 때마다 같은 생각이 든다. '영상 속 엄마는 무진장 행복해 보인다.'

자신을 사랑했던 존재가 있었다는 사실만으로도 아이들은 좀더 나은 인간이 될 거라 믿는다. 인간을 긍정적으로 변화시키는 건 사랑이니까. 그럼에도 외할머니의 얼굴과 목소리가 아이들 기억 속에서 완전히 사라진다고 생각하면 서러워진다. 그런 날은 괜스레 은유를 채근한다.

"은유야, 외할머니는 은유를 사랑하시지? 은유도 외할머니를 잊지 않고 오래오래 기억할 거지?"

"네, 그럴 거예요!"

치, 거짓말. 금방 잊어버릴 거면서. 그래도 은유야, 그렇게 말해줘서 정말 고마워. 너는 우에할머니의 공주님이고 강아지고 세상 무엇과도 바꿀 수 없는 보물이었어. 길 가다 돌부리를 밟고 넘어지려는 순간 균형을 잡고 일어난다면 보이지 않는 우에할머니가 네 손을 잡고 일으켜줬다고 생각해줄래? 첫 실연으로 혹은 첫 시련으로 괴롭고 무너질 때 우에할머니가 너보다 더 많이 울고 있을 거란 걸 떠올려줄래? 하루라도 더 오래 우에할머니를 기억한다고 엄마한테 거짓말 해줄래? 엄마는 네가 그 말을 할 때마다 외할머니가 하늘에서 만세를 부를 것 같은 기분이 자꾸 들거든.

나만 없어, 엄마

"갖고 싶다 고양이, 나만 없어 고양이. 다 있는데 고양이,
고양이, 야옹!"

첫째 아이가 한참 흥얼거리던 노래다. 남편이 인터넷에
떠도는 밈을 재밌다고 보여준 모양이다. 고양이를 좋아하는
만 세 살 은유가 이 장난스러운 노래를 혀 짧은 목소리로 진심
을 담아 부르는 모습이 귀여워서 배꼽을 잡고 웃었다. 그런데
어느 날부터 이 노래가 자꾸 내 머릿속에서 다른 가사로 바뀌
어 재생되기 시작했다.

"나만 없어 엄마, 다 있는데 엄마!"

마트에 장을 보러 갔다가 내 또래의 여자와 어깨를 부딪

했다. 누구의 잘못도 아니었는데 내가 사과를 하기도 전에 여자는 친절한 미소를 띠고는 나긋나긋한 목소리로 잘 보지 못했다며 사과를 건넸다. 나도 죄송하다고 인사를 건네며 돌아섰다. 예고 없이 예의 바른 사람을 맞닥뜨릴 때 으레 그렇듯 기분이 필요 이상으로 유쾌해졌다.

'참 인성 좋으시네. 역시 상냥함이 세상을 구한다니까! 다정함 점수 만점 드립니다!'

사과를 받지 못하고 살아서 한이 맺혔나, 먼저 사과 좀 받았다고 속으로 여자의 인성을 과대칭찬하며 흐뭇해하고 있는데 이내 여자의 다정한 목소리가 다시 들려왔다.

"엄마, 우리 간장 다 떨어지지 않았나? 국간장인가, 진간장인가?"

"진간장 하나 가져올래?"

"오케이."

훈훈한 미소를 띠던 내 입꼬리가 순식간에 내려갔다.

'마트에서 왜 저렇게 시끄럽게 떠들어? 할 말 있으면 가까이 가서 하면 되지. 엄마랑 마트 와서 되게 좋은가 보네.'

하루는 봄볕이 좋아 아이들을 하원시키기 전 천천히 산책을 하다 한 벤치에 걸터앉았다. 날은 따뜻했고 바람은 적당했고 기분은 산뜻했다. 모든 게 완벽한 날이었다. 그때 한 아주머니가 내 옆 벤치에 앉았다. 엄마와 비슷한 연배였다. 엄마처럼 단발머리에 멋을 부리지 않은 모습이었다. 사느라 바빠 색맞춰 옷을 입을 줄도 모르고, 봄날처럼 화사한 립스틱 하나 바르지 않는 걸까? 엄마도 본인 치장에는 참 서툴렀다.

처음 보는 중년의 여성에게서 제멋대로 엄마를 찾아내며 흘깃대고 있던 그때 전화벨이 울렸다. 그녀는 핸드폰을 눈에서 멀리 떨어뜨리고는 찌푸리며 액정을 한참 바라보다 전화를 받았다. 꼭 우리 엄마처럼.

'저것마저 엄마 같네. 엄마도 근시가 있어서 전화가 오면 저렇게….'

"어, 엄마!"

여자의 목소리에 내 그리움의 상념이 순식간 끊어졌다.

"아니, 그건 내가 지난번에 다 했다고 했잖아. 엄마는 왜 그렇게 쓸데없는 걱정을 사서 해? 아이고 노친네, 걱정도 많으시네. 됐어요, 됐어. 내가 알아서 해요."

방금 전까지 (멋대로) 애정에 가까운 친밀감을 느꼈던 그녀에게 (역시나 멋대로) 실망과 작은 분노가 일었다. '이보세요, 엄마에게 다정히 대해주세요! 엄마가 오래오래 사는 건 당연한 일이 아니에요. 행운이라고요. 우리 엄마는 스물다섯에 외할머니가 돌아가셨고 나는 서른일곱에 엄마가 죽었어요. 나랑

엄마는 노인이 된 엄마를 구경도 못해봤거든요?!'

자리에서 벌떡 일어나 엉덩이를 세게 털고 그곳을 벗어나는 것으로 혼자만의 복수를 하는 동시에 환멸이 찾아왔다. '아, 추하다! 엄마 있는 사람에 대한 질투를 그만 멈춰라, 인간아.'

세상에는 없느니만 못한 부모도 있을 것이고, 존재만으로도 짐이 되는 자녀도 있을 것이다. 가정사라는 게 집집마다 각양각색인 줄 뻔히 알면서도 나는 전후 사정도 모르는 주제에 아무에게나 질투를 느꼈고 또 그게 부끄러워 스스로를 괴롭히고 있었다.

30대 중반. 엄마가 죽는 게 이상한 일도 아닌 나이인데 왜이리 주변에 엄마 없는 사람이 없는 걸까? 아니, 그럼 나만 엄마가 없다고 이런 유치한 마음이 드는 건가? 학창시절 친구들다 있는데 나만 브랜드 운동화 없다고 엄마에게 떼를 부렸던 것처럼? 포용력 있고 이해심 많은 인간인 척하더니 결국 나는 어렸을 때보다 마음 그릇이 단 1센티미터도 넓어지지 못했나보다.

고맙게도 시간은 누구에게나 공평하게 흘러 어느새 엄마가 떠난 지 10개월이 되었다. 겨우 10개월 사이에 질투도, 부끄러움도 옅어졌다. 내가 특별히 어떤 행동을 하거나 마음을 곱게 먹은 건 아니다. 애초 시간만이 해결해줄 수 있는 문제였던 것 같다.

아직도 TV 속에서 모녀가 데이트하는 모습을 보거나 친구들과 수다를 떠는 중에 엄마와 다툰 이야기를 들을 때, 아이들이 "엄마, 엄마, 엄마" 하며 하루에 수천 번씩 나를 불러 내넋을 빼놓을 때는 초점 없는 눈으로 입만 웃으며 속으로 '아, 나만 없어, 엄마' 하고 자조 섞인 노래를 부르기도 하지만 이제는 질투도 부끄러움도 아니다. 그저 엄마와 딱 한 번이라도 더 데이트하고 싶다는 사무치는 그리움이고, 엄마가 내 옆에서 좀 도와줬으면 좋겠다는 이기적인 아쉬움이다.

어쩌면 나 역시 오래전 엄마와 사이좋게 장을 볼 때 누군가의 마음을 외롭게 했을지도 모른다. 엄마에게 짜증을 부려 누군가에게는 버릇없는 자녀처럼 보였을지도. 그렇게 질투는 돌고 도는 것. 이제부터는 노래를 바꿔 부를 생각이다. 내게 없는 것보다 지금 있는 것에 감사하는 인생 찬가를.

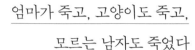

엄마가 죽고, 고양이도 죽고, 모르는 남자도 죽었다

엄마가 떠나고 4개월 뒤 '우리의 고양이' 정배가 죽었다. 한 해에 두 번째 맞는 가족의 죽음이었다. 정배를 '우리의 고양이'라고 말하는 이유는 가족 모두가 돌아가며 주인이 되어서다. 10여 년 전 언니가 어떤 커뮤니티에서 파양 위기에 처한 고양이 글을 보고 첫눈에 반해버렸다. 파양 이유는 순하게 생긴 얼굴과 달리 자신의 형제와 친구들에게 시비를 걸며 집안의 평화를 깨뜨린다는 것. 언니는 파양 이유까지 귀엽지 않냐며 요상한 포인트로 우리를 설득했다.

나와 엄마는 살아 있는 개미 한 마리 키우는 것도 달갑지 않았고, 동생은 고양이털 알레르기가 있었다. 언니가 혼자 케

어하다 결혼하면 조용히 데리고 사라진다기에 심드렁하게 승
낙했다. 언니는 다음 해 결혼이 예정되어 있었다. 그렇게 무심
했던 우리가 그 동그란 얼굴의 신사 같은 고양이를 사랑하게
되는 데는 오랜 시간이 걸리지 않았다. 그 아이는 무관심하기
에는 치명적인 매력이 있었고, 사랑하지 않기에는 지나치게
사랑스러웠다. 오로지 귀여움을 뽐냈고, 제 할 일을 다 했으니
늘 위풍당당했다. 엄마가 TV 앞에 앉아 산처럼 쌓인 마늘을
지루하게 까고 있을 때는 마주 보고 앉아주기도 했다.

"할머니 기다려주는 거야? 참나, 살다 별 고양이 응원을
다 받아보네."

그렇게 엄마는 한참 웃었다. 동생은 알레르기약을 먹으면
서까지 정배 털을 빗겨주었고 간식을 챙겼다. 군대에 있을 때
는 안부 전화를 걸어 정배를 바꿔달라 했다. 정배는 진지하게
핸드폰을 정배 귀에 대주는 나를 한심하게 쳐다보곤 했다.

정배는 가족 속에 자연스럽게 스며들었다. 언니가 결혼식
을 마치고 정배를 데려가려고 하자 우리는 출장이 잦은 그 집
에 고양이를 혼자 있게 할 수 없다며 보내주지 않았다. 언니가
원할 때 언제라도 정배를 보러 올 수 있고 정배와 관련한 모든
비용을 대는 것으로 양육권 합의를 보았다.

엄마가 암 판정을 받자 의사 선생님은 앞으로 면역력이

계속 떨어져 감염에 취약해질 테니 고양이가 엄마에게 좋지 않다고 했다. 특히 자가조혈모세포이식수술은 무균실에 입원해야 할 정도로 아주 작은 균에도 위험해질 수 있는 수술이었다. 마침 언니도 출장 가는 일이 현저히 줄어서 정배는 자연스럽게 언니 집으로 이사했다.

정배는 매년 건강검진 때마다 이렇게 건강한 유전자의 고양이는 보기 드물다는 말을 들을 정도로 건강했다. 그래도 걱정 많은 언니는 노묘들이나 한다는 정밀 건강검진을 정배가 네 살 때부터 매년 받게 했다. 잔병치레도 거의 하지 않았다. 죽던 그해 초에도 이미 한차례 건강검진을 마친 터였다.

그런데 11월이 되자 정배가 밥을 잘 먹지 않았다. 밥을 먹지 않으니 대변도 잘 보지 못했다. 언니는 가벼운 마음으로 병원에서 건강검진을 받았고 곧이어 무거운 결과를 듣게 됐다.

"정확한 건 CT를 찍어봐야 알겠지만 폐종양이 의심되네요. 만약 악성 종양이 맞다 해도 정배는 노묘라서 수술은 하지 못할 겁니다."

우리는 이 말이 수술로 건강이 회복될 가능성보다 수술 중 깨어나지 못하거나 후유증을 갖는다는 뜻임을 알고 있었다. 그저 밥을 좀 먹지 않던 정배는 우리가 진실을 알아버리자 이제야 마음 놓인다는 듯 하루가 다르게 쇠약해졌다. 그 속도가 인간에 비할 게 아니어서 우리는 정신을 차릴 수 없었다.

엄마의 간병을 해봤기에 가족 중 누군가가 아프면 의연하게 대처할 수 있을 거란 예상은 보기 좋게 빗나갔다. 엄마가 죽음을 향해 천천히 걸어갔다면 정배는 달리기 선수처럼 삶의 마지막을 향해 마구 달려갔다. CT 결과 정배는 온몸에 종양이 퍼져 있다고 했다. 어깨뼈는 이미 녹아 있었다. 황당하고 황망했다. 왜 그동안 티를 내지 않았는지, 아니면 정배가 보낸 작은 신호를 우리가 눈치채지 못한 건지 알 수 없었다.

며칠 뒤 정배는 아무것도 먹지 않고 누워만 있기 시작했다. 굶어 죽게 할 수는 없으니 병원에서 수액을 맞히고 마약성 진통제 패치를 붙여 집으로 오는 일이 매일 반복되었다. 말할 수 없는 고양이가 배가 고파서 괴로운지, 억지로 먹는 게 괴로운지, 아파서 괴로운지, 아니면 그 모두인지 알 수가 없어 우리도 괴로웠다.

처음 진료를 받은 동네 동물병원과 CT를 찍은 큰 동물병원에서 안락사를 권했을 정도로 정배의 건강은 순식간에 악화되었다. 엄마를 호스피스에서 편안히 보내드리지 못한 것을 후회했기에 정배가 고통에서 빨리 벗어나게 해주고 싶었지만 쉽게 포기할 수 없었다. 무엇이 정배에게 더 좋은 결정일지 아무리 고민해도 답을 알 수 없어 데자뷔 같은 무력감에 매일 허

우적거렸다. 그러나 결국 누구도 바꿀 수 없는 죽음의 운명 앞에 백기를 들 수밖에 없었다.

병원 진료실에 모여 정배가 가는 모습을 지켜보았다. 하염없이 눈물이 흘렸다. 그 사이 비쩍 말라 더 작아진 아이를 품에 안고 사랑한다고, 미안하다고, 고맙다고, 네가 우리 고양이어서 정말 행복했다고 쉴 새 없이 속삭였다. 이 기시감…. 중환자실에서 엄마의 임종면회를 했을 때와 똑같았다. 엄마에게 했던 말들과도 닮아 있었다. 고단했다. 이제 제발 내 곁에서 아무도 죽지 않았으면 좋겠다는 생각뿐이었다.

겨울이 지나가려는지 어느새 날이 따뜻해졌다. 시간은 흘렀고 지난 아픔들은 두꺼운 이불처럼 차곡차곡 개어 마음속 서랍 깊은 곳에 넣어두었다. 가끔 내가 열지 않았는데 멋대로 벌컥 열리기도 하지만.

아이들을 등원시킨 뒤 기분 좋게 아침을 먹고 집으로 돌아오는데 아파트 앞에 경찰들이 보였다. 그와 동시에 흰 천으로 덮어둔 사람의 형상을 보고야 말았다. 나는 도망치듯 집으로 뛰어들어왔다. 쉽게 진정이 되지 않았다. 바로 내 눈앞에 죽은 사람이 있었다. 그를 비켜 지나왔다. 종교도 없으면서 나도 모르게 무릎을 꿇고 앉아 그 위에 손을 모아 잡고 소리 내기도했다.

"저분을 편안함에 이르게 해주세요. 그러실 수 있잖아요. 제발요."

다음 날, 아침이 유난히 밝다 했더니 밤새 내린 눈으로 온 세상이 하얗게 변했다. 눈이 부시게 아름다웠다. 지옥 같은 세상을 떠나기로 한 그분이 이 빛나는 풍경을 봤다면 한 가닥 희망을 품고 발걸음을 돌리지는 않았을까. 어제 좀 펑펑 내려주지. 괜한 아쉬움에 한숨을 내쉬다 생각했다.

최선을 다해 내게 주어진 삶을 사랑해야겠다고. 후회는 언제나 열심히 사랑하지 않은 자의 몫. 지금 이 순간, 내가 사랑해야 할 사람들을 사랑하고, 내가 할 수 있는 일을 하고, 내가 이루고 싶은 것을 꿈꾸기로 했다. 떠난 자들을 기억하며 그들이 그토록 잘 살아내고 싶었던 이 세상을 또 하루 열심히 사는 것만이 그들을 기리는 유일한 방법일 테니.

엄마 없는
엄마의 첫 생일

아침부터 분주히 움직였다. 어제 끓여놓은 미역국을 데워 보온병에 싸고 짐을 한가득 챙겼다. 아이들을 등원시키고 나와 남편도 서둘러 길을 나섰다. 미세먼지는 좀 있었지만 볕은 따뜻했다.

엄마가 돌아가시고 맞이하는 첫 생일이다. 사람이 죽고 첫 생일은 챙기는 거라고 주변에서 말하기에 줏대 없는 사람답게 그렇게 했다. 내 아이 생일파티를 준비하는 것처럼 은근한 설렘과 기쁨을 느끼면서 시장에서 장을 봤다. 과일값이 금값이라더니 사과와 배, 망고를 세 개씩 고르니 6만 원이 넘는 숫자가 돌아왔다.

"헐!"

"배는 8000원짜리 말고 7000원짜리도 있는데 그걸로 드릴까?"

주머니 사정이 여의치 않아 보였는지 사장님이 물으신다.

"아니에요. 그냥 8000원짜리 주세요. 제일 크고 맛있는 걸로요."

엄마가 좋아하던 미니족발과 대왕 카스테라, 가래떡, 작은 케이크까지 사고 나니 제법 푸짐하고 무거운 짐가방이 꾸려졌다. 엄마를 만나러 가는 길은 언제나 설렌다. 차로 1시간 반이나 가야 해서인지 멀리 여행을 떠나는 기분이 든다. 수목장에 먼저 도착한 언니와 동생, 아빠를 만나 바리바리 챙겨 온 짐을 나누어 들고 엄마 나무 앞에 섰다.

"엄마, 우리 왔어. 잘 있었어?"

엄마 나무에 걸린 명패 속 엄마는 오늘도 인자하게 웃고 있다. 명패를 제작할 때 사진 아래에 엄마가 우리에게 해줄 것 같은 말을 함께 새겼다.

"예쁜 내 새끼들, 어서 와. 내 곁에서 편히 쉬다가 가."

두 팔 벌려 우리를 반기면서 이렇게 말하는 엄마의 목소리가 들리는 것 같다. 돗자리를 깔고 가져온 음식을 차렸다. 엄마가 좋아하던 믹스커피도 한 잔 타 엄마 나무 옆에 올렸다.

그렇게나 좋아했지만 암 선고 뒤 한 잔도 마시지 못하고 떠난 막걸리도 가득 따라 건넸다. 나란히 서서 엄마 나무를 바라보며 슬픔이 찰랑찰랑 차오르는 것을 느끼려는 순간, 똥파리 한 마리가 과일들 사이로 윙윙 날아다녔다. 삼 남매 사이에 순식간에 장난기가 흘러들어왔다.

"엄마다! 엄마가 파리가 돼서 왔다!"

"엄마, 사과 먹고 싶었어? 많이 먹어. 단 게 땡겼구나. 그쪽 음식이 영 입에 안 맞아?"

낄낄대며 헛소리를 늘어놓다 겨우 웃음을 멈추고 옷을 단정하게 매만졌다.

"그냥 절이나 하자."

"우리 절할게, 엄마. 하늘나라에서 첫 생일 축하해."

생일 축하한다는 말이 이렇게 슬픈 말인가. 방금까지 웃어놓고는 생일자 없는 생일파티가 서러워 눈물이 차올랐다. 이게 엄마의 마지막 생일파티. 죽은 자는 기일이 생일이랬던가. 이제 엄마는 돌아가신 날에 기려질 것이다.

때때로 어리둥절해지곤 한다. 엄마가 죽은 지 아주 오래된 것 같기도 하고 아직 죽지 않은 것 같기도 하다. 엄마 목소리는 많이 흐릿해졌다. 엄마는 나를 어떻게 불렀더라. "선희야"라고 했나, "김선희!"라고 했나.

반대로 엄마가 죽어가던 모습은 지나치게 선명하게 각인돼 가끔 도리질하며 억지로 떨쳐내기도 한다. 엄마의 기억이 흐릿해지는 동시에 선명해지는 희한한 경험을 하고 있다.

병원 1층에 있던 카페는 프랜차이즈이긴 하지만 지점이 아주 많지는 않았다. 우리는 늘 그곳에서 커피를 마셨다. 어느 날 처음 가 본 빌딩에서 누구를 기다리느라 앉아 있을 만한 카페가 없나 두리번거리다 그 브랜드의 카페를 마주하고는 마음이 덜컹 흔들렸다.

앞으로 엄마가 애절하게 그립다기보다는 마음이 잔잔하다가 어떤 추억의 바위가 마음에 내던져지면 크게 출렁이겠구나 예감했다. 하지만 안다. 파도는 금세 잠잠해지고 곧 고요가 찾아오리라는 것을.

여전히 사랑하는 존재를 상실하는 게 두렵지만 이제는 그게 자연스러운 일이라는 것을 받아들였다. 나 역시 언젠가는 누군가의 상실이 되고 말겠지. 그러니 내가 선명하게 살아 있을 때 최선을 다해 사랑하며 사는 수밖에 없다는 진부하지만 진리인 결론이 도출되고야 만다. 아쉬움과 후회가 불현듯 나를 잡아먹을 때 나는 눈을 감고 주문처럼 이런 말을 되뇐다.

"나는 한평생 엄마를 사랑했고, 엄마에게 사랑받았다. 나는 엄마에게 좋은 딸이었다. 우리는 최선을 다해 엄마를 살리려 했다. 나머지는 우리 손을 떠난 일이다. 엄마와 세상의 연이 여기까지였을 뿐이다."

요즘은 병원에서 엄마를 씻겨주던 장면이 생생하게 떠오른다. 수액을 주렁주렁 달고 있어 혼자서는 씻을 수 없는 엄마를 내가 깨끗하게 목욕시켜주었던 순간들. 엄마는 원래 일주일에 절반 이상을 사우나에 갈 정도로 깔끔한 사람이었다. 그런데 섬망이 심해서인지, 아니면 미안하고 부끄러워서인지 며칠을 씻지 못해도 나에게 씻겨달라는 말을 하지 않았다.

"엄마, 샤워하러 가자. 예뻐질 시간이야."

내가 독촉하면 어제 씻었다는 둥, 다른 사람이 씻겨줬다는 둥 딴소리를 하다가 못 이기는 척 대야를 들고 어기적어기적 나를 따라왔다. 팔 여기저기 꽂힌 주삿바늘을 피해 환자복을 벗기고 엄마를 앉혔다.

"고개 숙여보세요. 머리 감겨드릴게요. 어머, 너무 잘하신다. 언니! 여기 손님한테 아이스커피 하나 서비스로 좀 줘!"

엄마는 크게 웃는다. 사우나 기억이 나서인지 엄마에게 열이면 열 통하는 농담이다. 엄마의 등을 타월로 밀어준다.

"어릴 때 엄마가 목욕탕에서 나 이렇게 밀어줬는데, 그치? 살가죽이 찢어질 것처럼 빡빡 밀어서 내가 맨날 화냈잖아. 그러다 바나나우유 하나 사주면 풀리고. 기억나 엄마?"

"우웅."

"엄마, 자면 안 돼! 얼른 마무리할게."

황급하게 엄마를 씻기고 피와 수액, 떨리는 손으로 밥을 먹느라 흘린 음식물로 엉망이 된 환자복을 새 것으로 갈아입혔다. 촉촉하게 로션을 바르고 머리를 빗겨준다. 말끔해진 엄마를 보니 내 기분이 더할 나위 없이 상쾌하다. 샤워실을 정리하고 환자복을 세탁실에 넣고 돌아오니 엄마가 멀뚱히 손거울을 보고 있다.

"왜? 씻고 나니까 너무 예뻐?"

"아니, 내 얼굴이 괴물 같아. 그렇지?"

사실 엄마는 이미 엄마의 얼굴이 아니다. 알아볼 수 없을 정도로 퉁퉁 붓고 눈동자는 초점을 잃어 위아래로 흔들린다. 자꾸 넘어지고 부딪혀 여기저기 피멍이 들었고 하얀 편이던 피부는 누렇고 까맣게 변했다.

"아니? 너무 예쁜데? 좀 부은 거 빼고는 똑같아. 치료 중이라 그런 거야. 가만! 살 좀 쪘나? 아이고, 다이어트 해야겠네."

엄마 뱃살을 만지면서 장난을 걸자 엄마는 안심한 얼굴로 웃으며 말한다.

"그렇지? 아무래도 퇴원하면 살을 좀 빼야겠지?"

엄마는 이내 아기처럼 온순한 얼굴로 코를 골며 잠이 든다. 나는 엄마를 바라보다 가만히 얼굴을 만져본다.

"엄마, 가지 마. 이렇게라도 오래오래 옆에 있어. 내가 매일 씻겨주고, 로션도 발라주고, 밥도 먹여줄게."

그러나 엄마는 그 기회를 오래 주지 않고 떠났다. 엄마에게 잘한 일이 이것 말고도 분명 많이 있을 텐데 일주일에 두 번 엄마를 깨끗이 씻겨주었던 게 가장 보람찬 기억으로 남아 있다. 개운해하는 엄마와 반대로 땀범벅이 된 나조차도 방금 목욕을 마친 사람처럼 시원했다.

사랑은 작은 표현을 끊임없이 해주는 것, 부끄럽고 내비치기 싫어하는 모습도 이해해주는 것, 예쁘다고 고맙다고 말해주는 것, 다리를 주물러주는 것, 손을 잡아주는 것, 소소한 추억을 쌓는 것, 함께 맛있는 것을 먹는 것, 좋은 것을 보면 나누는 것, 진심으로 축하해주는 것, 마음 깊이 슬퍼해주는 것, 지금 주어야 할 사랑을 절대 나중으로 미루지 않는 것…. 이것이 내가 엄마를 떠나보내며 배운 사랑이다.

엄마, 하늘나라에서 첫 생일 진심으로 축하해. 매번 내 생일에 엄마가 끓여주는 미역국만 먹다가 엄마 환갑에 처음으로 내가 미역국을 끓여줬지? 앞으로 오십 번은 더 끓여줄 수 있을 거라 생각했는데 다섯 번도 채 끓이질 못했네. 더 일찍 끓여주었어야 했는데. 엄마에게 더 잘해주지 못해서 미안해. 어렸을 땐 철이 없었고 철이 들고 나니 아이 키우느라 엄마는 뒷전이었네. 엄마는 언제나 나한테 잘해주었어. 주고 또 주고, 뭐 더 줄 게 없나 늘 두리번댔잖아. 정말 고마웠어. 최고의 엄마였어. 다음 생이 있다면 내 딸로 와줘. 엄마가 준 사랑을 백 배, 천 배 갚아줄게. 영원히 사랑해. 나의 엄마 박간란.

엄마가 암투병을 하는 동안 병간호를 하며, 엄마 장례를 치러내며 아쉬운 점들이 많았다. 특히 엄마에게 묻지 못한 질문들이 계속 생각나고 다시는 엄마에게 물어볼 수 없다는 사실이 안타까웠다. 누구에게라도 엄마가 살아 있다면 '이런 것들을 물어봐라, 이런 것들을 준비해라' 붙잡고 얘기해주고 싶은 심정이었달까.

그래서 이 글을 쓰기 시작했다. 실질적인 도움이 얼마나 될지는 잘 모르겠다. 나는 장례지도사도 아니고 장례식장 직원도 아니니까. 내 경험은 한 번뿐이고 내가 겪은 모든 일은 나라는 한 사람에 한정돼 있으니까.

그럼에도 단 한 명의 사람이라도 이 글을 읽고 엄마 혹은 아빠가 떠나는 상상을 해보고, 부모님께 새삼스레 애틋한 마음이 생기고, 그날 저녁 당장 눈을 맞추고 대화하며 함께 식사를 했다면 그걸로 충분하다고 생각한다.

엄마가 있을 때는 어른이 될 수 없었다. 이제야 어른이 된 기분이 든다. 아직 어른아이인 많은 자녀에게 갑자기 어른이 되어버리는 순간이 오기 전 조금의 가이드라도 되어주고 싶었다. 내 옆의 가족을 더 사랑하고 이해하는 데 이 글이 도움이 된다면 더없이 감사하고 행복할 것 같다.

요즘 같은 세상에 '사랑'이라는 말은 빛이 바랬다고 생각했지만 죽어가는 엄마를 보며 느꼈다. 사람을 구원하는 건 오직 사랑뿐이고 인간은 모두 외로운 존재라는 걸. 그러니 되도록 많이 사랑하고 조금만 외롭기를 바란다.

사망신고는 어떻게 하나요?

고인의 여러 행정적 일을 처리하려면 사망신고가 꼭 필요합니다. 마음이 아프겠지만 기한 내에 신고하기를 바랍니다. 한 가지 유의할 점은 주민센터 직원의 사무적인 태도에 마음이 상할 수도 있다는 것. 그러나 그분들은 매일 하는 일이고 매번 가슴 아파하면 오히려 업무에 차질이 생길 것입니다. 가족끼리 위로하고 다독이면서 마음 잘 추스르시길 바랍니다.

신고 장소 고인의 주민등록상 거주지의 주민센터에서 해야 합니다.

사망신고 의무자 사망신고는 동거 친족, 비동거 친족, 동거자가 해야 합니다. 사망 장소를 관리하는 사람, 사망 장소의 동장 또는 통장, 이장도 할 수 있습니다.

사망신고 기한 사망신고는 사망 사실을 안 날로부터 1개월 이내에 해야 합니다. 신고 의무자가 정당한 사유 없이 기간 내에 신고하지 않으면 5만 원 이하의 과태료가 부과됩니다.

구비 서류 사망진단서 또는 사체검안서 1부, 사망신고서 (주민센터 비치) 1부, 신고인의 신분증(주민등록증이나 운전면허증)

화장터 예약은 어떻게 하나요?

화장터 예약은 보통 장례식장이나 상조회사에서 도와주지만 만약 스스로 예약해야 하는 상황이라면 보건복지부에서 만든 'e하늘 장사정보시스템'을 이용하면 됩니다

(https://www.15774129.go.kr).

최근 화장터 예약이 치열해지면서 사망 후 화장터부터 예약하는 것이 필수가 되었습니다. 발인 날 오전 시간에 맞춰 화장터 예약을 하는 게 좋습니다. 국가에서 정해놓은 '장사 등에 관한 법률'에 따라 매장과 화장은 모두 사망 후 24시간이 지나야만 가능합니다. 이런 법률 때문에 화장터에 도착하면 반드시 사망진단서 또는 사체검안서를 제출해야 합니다. 잊지 말고 지참하시길 바랍니다.

장례식장과 장지 비용은 얼마인가요?

장례식장은 공설인지 사설인지에 따라 그리고 위치, 접객실의 평수, 이용 시간에 따라 가격이 크게 다릅니다. 장지 역시 수목장인지, 납골당인지, 해양장인지, 위치, 자리에 따라 가격이 천차만별이고요. 'e하늘 장사정보시스템'에서 장사정보서비스(포털)를 확인하면 정보, 가격, 시설 사진, 위치 등을 볼 수 있으니 미리 확인해두면 도움이 됩니다. 그런데 포털에 나와 있는 금액과 실제 금액이 약간 차이가 나는 경우도 있더군요. 일단 사이트에서 대략적인 금액을 확인하고 전화나 대면으로 세부 사항들을 상담하시기 바랍니다.

장지의 종류와 장단점이 알고 싶어요

장지란 고인의 시신을 묻거나 화장한 후 유골을 안치하는 장소를 의미합니다. 원래 장지葬地는 '장사하여 시체를 묻는 땅'을 말하지만, 요즘은 화장을 많이 하기 때문에 꼭 땅만 의미하지는 않게 되었습니다. 묘지 부족과 장례문화의 변화로 지금은 화장이 90퍼센트 이상을 차지하고 있어요. 화장한 뒤에는 자연장, 봉안묘, 봉안당, 해양장 등으로 모시는 방법이 있습니다.

묘지 가장 전통적으로 고인을 모시는 방법입니다. 선산이 있다면 선산에 모시면 되지만 그렇지 않다면 공설이나 사설 공원묘지에 모셔야 합니다. 납골당처럼 다른 사람들과 공간을 함께 공유하지 않고 고인만의 고유한 물

리적 공간이 있다는 것이 가장 큰 장점이 아닐까 합니다. 꼭 고향집을 찾아간 것처럼요. 연세가 있는 분은 내심 묘지에 묻히는 것을 바람직하게 여길 수도 있는데요. 단점은 선산이 없을 경우 모든 장지 중 가장 큰 비용이 든다는 점입니다. 지역과 시설마다 다르고 석물을 어떻게 하느냐에 따라 천차만별이겠지만 기본 사용료만 해도 수천만 원대입니다. 또 '장사 등에 관한 법률'에 따라 묘지를 사용할 수 있는 기간은 최대 60년으로 제한되어 있습니다. 그 이후에는 다른 장지로 이장해야 합니다.

자연장(수목장, 잔디장, 화초장) 자연장은 화장한 유골의 골분을 수목·화초·잔디 등의 밑이나 주변에 묻어 장사하는 것을 말합니다. 나무 밑이나 주변에 묻으면 수목장, 골분을 묻고 잔디를 덮으면 잔디장, 화초를 심으면 화초장이 되는 것입니다. 장점은 자연친화적이라는 것인데요. 돌아가신 분을 만나러 갈 때마다 수목원에 온 것처럼 평화로운 자연 속에서 힐링할 수 있다는 점도 말씀드리고 싶습니다.

또 자연장은 사설을 이용할 경우 장지를 사용할 수 있는 기간이 법으로 정해져 있지 않아서 관리비만 잘 납부한다면 오랜 기간 유지할 수 있습니다. 공설의 경우에는 계약 기간이 한정되어 있습니다. 계약 기간이 끝난 뒤에는 이미 소멸된 유골을 이장할 방법이 없으니 사라지는 것과 다름없다는 것을 유의해야 합니다. 가격은 수목장의 경우 대략 개인목은 300~500만 원, 부부목은 700~1000만 원입니다. 잔디장은 100~300만 원이고요.

봉안묘(납골묘)와 봉안당(납골당) 봉안(납골)이란 화장한 골분을 유골함에 모시는 방법입니다. 역시 사설로 이용할 때는 사용 기간이 제한되지 않습니다. 공설의 경우에는 사용 기간이 한정적이기 때문에 처음 계약할 때 정확히 확인해야 합니다. 하지만 자연장처럼 유골이 소멸되는 것은 아니니 계약이 끝난 뒤 이장이 가능합니다. 봉안묘는 야외에 조성된 묘로 자연환경과 조화를 이루고 있으며 전통적인 묘 형태를 띠고 있습니다. 시신을 매장하는 것이 아닌 시신을 화장한 뒤 분골을 묘로 만드는 것입니다. 묘지와 봉안당을 잘 섞어놓은 장점이 많은 장지 유형입니다. 분골로 만드는 것이다 보니 여러 명이 사용할 수 있어 가족묘로 만들기 좋습니다. 단점이라면 역시 가격이겠는데요. 평균적으로 1~2인은 1000만 원 중후반, 4인은 2000만 원 대, 8인은 3000만 원 대입니다.

봉안당은 주로 건물 내부에 마련된 장소에 유골함을 안치하는 것으로 현대적인 시설을 갖추고 있습니다. 날씨의 영향을 받지 않고 추모할 수 있다는 것이 장점입니다. 봉안당은 층으로 되어 있는데 사람이 서 있을 때 눈높이에 맞는 단이 가장 비쌉니다. 비싸지만 또 제일 인기 있는 자리이기도 하니 봉안당을 고려한다면 상담이나 답사를 통해 남아 있는 자리를 확인하는 것이 중요합니다. 일반실인지 특별실인지, 몇 단인지에 따라 같은 봉안당 내에서도 개인당 100~1000만 원으로 큰 차이가 납니다.

해양장 화장한 유골의 골분을 바다에 산골하는 장례법입니다. 영화나 드라마에서는 죽은 사람의 유골을 바다나 강에 뿌리며 오열하는 모습을 종종 볼 수 있는데요.

따라 하다가는 자칫 벌금의 대상이 됩니다. 정부에서 해안선에서 5킬로미터 이상 벗어나서 산골하도록 규정하고 있기 때문입니다. 해양장의 장점은 첫째, 다른 장법에 비해 안치 비용이 100만 원 아래로 저렴합니다. 둘째, 바다 위에 부표가 설치되어 있어 추모선을 타고 언제든 산골한 장소로 정확히 찾아갈 수 있습니다. 셋째, 고인의 유골은 고온처리되어 오염물질이 없는 상태이므로 자연 친화적입니다. 치명적인 단점은 추모하러 갈 때마다 배를 빌려야 해서 비용이 발생한다는 점입니다. 평균적으로 단독 선박을 예약하려면 몇십만 원, 합동 추모선을 이용하면 인당 1만 원대입니다. 또 바다로 나가야 하는 데다 아직까지 해양장을 전문으로 하는 업체가 몇 군데 되지 않아 접근성이 떨어집니다.

그동안 해양장은 불법도 합법도 아닌 오묘한 성격을 띠고 있었는데요. 2023년 12월 20일에 해양장을 자연장에 포함시키되 환경관리해역이나 수산자원보호구역에서는 장사를 하지 못하도록 하는 개정안이 국회 본회의를 통과한 상태입니다. 부족한 봉안당과 친환경 장례문화 확

산에 따라 해양장이 해마다 늘고 있는 추세인 만큼 더 체계적으로 관리될 전망이니 잘 고려해보시기 바랍니다.

장례 비용을 얼마나 쓰셨나요?

장례 비용은 크게 세 가지로 나눌 수 있습니다. 장례식장 (식대 포함) 비용, 상조회사 비용, 장지 비용으로요.

엄마 장례식에는 조문객이 400명 정도 왔어요. 조문객이 많은 편이라 특실을 사용했고요. 상조 서비스는 후불제 상품으로 장례식장에서 급하게 선택했습니다. 하지만 분위기에 휩쓸리지 않고 필요한 것만 구성되어 있는 가성비 상품으로 진행했습니다. 돌이켜 생각해봐도 모자란 것 없이 충분했어요.

장지는 좀 무리했습니다. 앞으로 그곳에서 엄마를 계속 만나게 될 텐데 엄마 대신 서 있을 나무를 좋은 것으로 하고 싶었고, 훗날 다른 가족이 함께 묻힐 수도 있으니 두 명을 수용할 수 있는 자리를 샀거든요. 생각해보면 장례를 치르며 어떤 것은 합리적인 선택을 했고, 어떤 것은 마음이 가는 선택을 했습니다. 돈이 많았다면 제 욕심에 죄다 비싼 것으로 하지 않았을까 싶은데 현실적으로 그럴 수는 없었거든요. 어떤 부분에 비용을 아끼지 않고 쓰고 싶은지, 어떤 부분은 절대 낭비하지 않을 것인지 생각해보면 좋을 것 같습니다.

대략 정리해보면, 빈소, 안치료, 염습비 등 장례식장 비용으로 500여 만 원, 조문객들 대접할 식사와 간식, 술, 음료, 제사상 비용으로 630여 만 원, 편의점과 장례용품 비용으로 210여 만 원, 재단 꽃장식과 영정사진 비용으로 130여 만 원이 들었고, 상조서비스 비용으로 280만 원을 지급했습니다. 또 수목장 비용으로 900만 원, 수목장 관리비용으로 70만 원을 썼고요. 전체적으로 2700여 만 원을 지출했습니다.

비싼 수의 꼭 입혀드려야 하나요?

전통적으로 한국에서는 고인이 생전 가장 아끼는 옷이나 귀한 옷을 수의로 사용했다고 합니다. 보통 그 재질은 비

단이나 명주 또는 모시나 무명이었다고 해요. 삼베는 상
주들이 입는 것이었습니다.

천편일률적으로 사람들이 삼베 수의를 입기 시작한 것은
일제강점기 때입니다. 일본 정부가 조선총독부를 통해
강제로 시행한 교화 자료 '의례준칙'에 따라 삼베를 수의
로 지정한 뒤 고인 대부분이 삼베를 입기 시작했습니다.
그렇지만 발굴된 미라들을 보면 조선시대 양반도 삼베
를 입기는 했습니다. 그러니까 조선시대에는 수의를 정
할 때 여러 선택권이 있었지만, 일제강점기에는 망자가
삼베 말고 다른 선택지를 갖지 못하게 된 것이라고 정리
할 수 있습니다. 참고로 상주들이 양복을 입고 삼베 완장
을 두르는 것, 국화꽃으로 헌화하는 것 모두 일제강점기
에 근대화된 장례문화가 들어오면서 시작된 것입니다.

어찌 되었든 삼베를 수의로 입는 문화가 정착되고 난 뒤
에는 삼베가 가장 좋은 수의라는 인식이 굳어졌습니다.
특히 국내에서 생산된 삼베로 만든 수의 가격은 천정부
지로 치솟았어요. 그러면서 비단이든 인견이든 누가 더
비싸고 고급진 수의를 부모님께 입혀 드렸나, 효도 대결

을 하게 된 것이죠. 그런데 요즘은 그런 분위기가 아닌 듯합니다. 게다가 수의용 삼베는 거의 중국에서 들여오고 있거든요. 엄마 장례식장에서도 장례지도사님이 수의 몇 벌을 꺼내 소개해주었는데 제일 기본인 저마(모시) 수의로 정했어요. 강매하는 분위기도 아니었고 화장할 예정이니 그을림 없이 불에 잘 타는 것으로 골랐습니다.

저는 가장 좋은 수의는 본인이 선택한 옷이라고 생각합니다. 편한 옷을 입어도 좋고 가장 아끼는 옷이어도 좋겠네요. 부모님이 살아생전 어떤 옷을 입고 떠나고 싶다 말씀하셨으면 당연히 그게 최고의 수의일 것 같고요. 특히 화장할 계획이라면 지나치게 비싼 수의는 의미 없다고 생각합니다. 입관식은 가족들만 참여하는 것이라 "저 가족은 부모님 수의를 어떤 것으로 입혔나" 눈에 불을 켜고 평가하는 사람도 없거든요.

부모님이 살아 있을 때 잘하는 것, 그리고 돌아가신 뒤 잘 보내드리려는 마음이 중요하잖아요. 여유가 있어서 비싼 수의를 입혀드린다면 좋겠지만, 그렇지 않다 해도 마음 쓰실 것 없습니다.

장례식장에 음식물 반입 안 되나요?

결론만 말씀드리면 반입됩니다. 2022년에 공정거래위원회(이하 공정위)에서 불공정 약관조항을 시정했거든요. 그중에 외부음식물 반입 불가 조항을 바로잡았습니다. 그간 몇몇 대학병원은 장례식장 사업자가 제공하는 음식물 사용을 강제해 고객의 음식물 선택권을 부당하게 제한하고, 장례용품 구매도 강제했는데요. 변질 가능성이 있거나 식중독, 전염병 등 위생상 제한 필요성이 있는 경우를 제외하고는 외부 음식물을 반입해도 된다고 공정위에서 판단한 것이죠.

그렇다고 경황없는 장례식장에서 상주가 국을 끓이거나 밥을 지을 수는 없는 노릇이니 음식은 장례식장에서 제공하는 것을 이용하되, 음료수나 주류, 간식거리 등은 외부에서 반입하는 것도 괜찮은 방법입니다. 언제나 그렇듯 중요한 것은 '정도程度'겠는데요. 대학병원이나 장례식장도 이익을 내야 하는 사업자인데 고객이 모든 것을 다 가져와서 해결하면 언짢을 것이고, 유가족도 장례식

을 치르는 것만으로도 벅찬 상황에 장례식장 눈치까지
보며 이것저것 챙기는 게 쉬운 일은 아닐 겁니다. 모든
것을 장례식장에서 구매할 필요는 없다는 것만 알고 있
되 융통성 있게 진행하면 되겠습니다.

참고로 이 외에도 개정된 불공정 약관조항으로는 화환
임의처분 조항, 사업자 배상 시 보험 활용 조항, 부당한
유족 배상 조항, 사업자 면책 조항, 사업자에게 유리한
계약 해석 조항, 부당한 재판 관할 조항, 보관 물품 등 임
의폐기 조항 등이 있습니다.

알아두면 쓸 데 있는 사후처리 팁

사망진단서 발급 병원에서 치료를 받다 사망한 경우, 마
지막까지 진료받은 병원비를 모두 정산하고 나면 원무과
에서 사망진단서를 발급해줍니다. 앞으로 고인과 관련된
모든 일에는 이 사망진단서가 필요해요. 화장터, 장지,
보험금 수령, 하다못해 고인의 핸드폰이나 인터넷을 해
지하는데도 사망진단서가 있어야 합니다. 등본처럼 아무

데서나 뗄 수 있는 게 아니라 환자가 사망한 병원에서만 발급이 가능합니다. 그러니 처음 발급받을 때 사망진단서를 최소 10장은 받아두는 게 좋습니다.

고인 기준의 기본증명서 발급 사후처리를 할 때 필수 서류로 '고인 기준의 기본증명서' 혹은 '고인 기준의 가족관계증명서'를 제출해야 합니다. 저는 처음에 "고인 기준으로 기본증명서 한 부 준비하시고요"라는 말을 듣고는 멍청한 얼굴로 "에? 고인은 이미 고인이 되셨는걸요? 본인 인증을 어떻게 하나요?" 이런 소리를 했습니다. 그 방법을 간단하게 소개하자면, 대법원 전자가족관계등록시스템(https://efamily.scourt.go.kr/index.jsp)에 접속해 가족관계증명서 혹은 기본증명서를 선택한 뒤 본인 정보를 입력하고 인증합니다. 그리고 발급 대상자를 가족으로 선택한 뒤 발급받으면 됩니다.

안심상속서비스로 재산 확인 유가족은 고인의 재산을 정확하게 파악하기 어렵기 때문에 안심상속서비스를 이용하

면 편리합니다. 세금, 금융, 부동산 등 모든 재산을 조회
해 알려주는 서비스입니다. 사망신고를 하러 가면 주민
센터에서 이 서비스를 안내해주니 그때 신청해도 되고
추후 정부24 사이트에서 신청할 수도 있어요. 이때 주의
할 점은 이 서비스를 신청하는 동시에 고인의 모든 금융
재산의 인출 거래가 정지된다는 것입니다. 고인 통장에
서 100원도 인출할 수 없게 되는 것이죠. 이 점을 유의해
신청해야 합니다.

사망신고 후 1년이 경과한 경우에는 안심상속서비스가
없었던 때와 마찬가지로 보험사, 은행, 구청, 세무서 등
에 직접 개별적으로 확인해야 하므로 국가에서 마련해준
이 편리한 서비스를 이용하시길 권합니다. 안심상속서비
스에서 제공하는 정보는 국세, 지방세, 토지, 자동차, 금
융거래(은행, 보험), 국민연금, 공무원연금, 사학연금, 건
설근로자 퇴직공제금, 건축물 정보입니다. 일괄적으로
알려주는 것이 아닌 각 기관별로 7~20일 사이에 문자로
안내해줍니다.

인감증명서 관련 보험사에서 보험금을 수령하거나 은행에서 고인의 적금, 예금을 인출할 때는 두 가지 방법이 있습니다. 모든 상속인이 함께 방문해 처리하는 방법과 상속인 대표 한 명이 진행하는 방법입니다. 저희 가족의 경우 아빠와 언니는 출근해야 하고, 굳이 동생을 데리고 다닐 필요가 없었기에 제가 대표로 처리했는데요. 그러려면 대부분 금융업무에서 공통적으로 필요한 것이 상속인 모두의 인감증명서와 인감도장, 신분증 사본입니다. 자동차 명의를 이전할 때도 마찬가지로 상속인 전부의 인감증명서가 필요합니다. 그래서 저희 가족은 미리 인감증명서를 10통 정도 발급받았고, 제가 인감도장과 함께 가지고 있었습니다. 요즘은 거의 모든 서류를 인터넷으로 발급받을 수 있지만 인감증명서만은 본인이 직접 주민센터에 방문해 발급받아야 합니다(대리 발급 시 자필로 작성한 위임장, 위임자의 신분증, 방문자의 신분증이 필요합니다).

인감증명서가 아직 없다면 인감도장을 만들어 관할 주민센터에서 등록하면 됩니다. 이때 첫 등록은 꼭 내 주소지의 관할 주민센터로만 가야 합니다. 그 뒤에는 어디서나 발급이 가능합니다. 여기서 중요한 것은 가족 간의 신뢰입니다. 가족이어도 믿을 만하지 않다면 인감도장과 인감증명서를 함부로 내주어서는 안 됩니다. 마음이 불안하다면 시간이 걸리고 번거롭더라도 모든 금융업무와 명의이전 업무에 동행하시기 바랍니다.

엄마, 장례식은 마음에 들어?

1판 1쇄 찍음 2024년 09월 15일
1판 1쇄 펴냄 2024년 09월 25일

지은이 김선희
펴낸이 천경호
종이 월드페이퍼
제작 (주)아트인
펴낸곳 루아크
출판등록 2015년 11월 10일 제2021-000135호
주소 10881 경기도 파주시 회동길 480, 아트팩토리 NJF B동 233호
전화 031.998.6872
팩스 031.5171.3557
이메일 ruachbook@hanmail.net

ISBN 979-11-88296-93-4 03810